열일곱, 내 길을 간다

열일곱, 내 길을 간다

최관의 글

보리

차례

처음 입은 작업복

열일곱, 학교에 다녔으면 고등학교 일 학년이 되는 나이야. 그해 봄기운이 조금씩 돌 무렵 나는 인천에 있는 화학 공장에 다니기 시작했지.

차가운 공장 철문 앞에 선 채 숨을 깊이 들이마셨어. 순간 지난 몇 해 동안 걸어온 길이 떠오르네. 먹고살기 어려워 한 해 늦게 들어간 중학교인데 그마저 등록금을 못 내 잘린 뒤 산골 외딴집에서 농사지은 일, 그리고 여관 심부름, 이발 기술 배우기, 떡 장사, 채소 장사, 생선 장사, 공사장 허드렛일……. 이제 공장 일을 하나 더 보태는 순간이야.

이 문을 열고 들어서면 어떤 일이 날 기다리고 있을까? 낯선 세상에 들어선다는 게 두렵고 떨려. 아버지 친구가 소개한 공장이고 미리 만나 본 사장이나 공장장 모두 인상이 좋기는 하지만 긴장돼. 다시 숨을 깊이 들이쉬며 마음을 가다듬고 공장장이 출근길에 사오라고 한 라면과 연장이 담긴 상자를 둘러메고 쪽문 안으로 들어섰지.

공장 안은 기계 돌아가는 소리만 요란할 뿐 인기척이 없네. 깨끗하다 못 해 깔끔하기까지 한 공장 마당에는 빗자루 자국이 나 있고 어디선가 김치 넣은 라면 끓이는 냄새가 나. 공장 문을 밀고 들어선 뒤 잠깐 멈칫하고 있던 난 어깨에 멘 상자를 다시 추스르고 공장 쪽으로 걸었어.

"어서 오너라. 택시 타고 오라니까 걸어온 모양이구나."

"네, 걸을 만해요. 공장장님, 여기 영수증이랑 잔돈."

"직원이라고는 우리 둘뿐인데 공장장은 무슨. 그냥 반장이라고 불러, 박 반장. 이건 택시비다. 걸어오느라 고생했으니 수고비로 생각하고 넣어 둬."

사 온 물건을 정리하고 나니 무슨 일을 해야 할지 통 모르겠어. 어색하게 여기저기 기웃거리고 있는데 공장장이 말해.

"라면 하나 끓여라. 집에서 밥하고 김치는 가져왔다. 조금만 끓여서 말아 먹자."

화학약품 데우는 큰 가마에서 연탄 화덕을 끄집어내 라면 물을 올리고 공장 마당을 쓸기 시작했지. 뭔가 하긴 해야겠는데 무슨 일을 해야 할지 알 수가 있나. 여관이나 이발소에서 틈만 나면 청소하던 생각이 나 빗자루를 든 거야. 합판으로 바람을 막아 사무실로 쓰는 곳에다 밥상을 차렸지.

"점심 드세요. 다 차렸어요."

"그래, 이제 둘이 먹는구나. 혼자 먹으면 영 밥맛이 별로야. 네가

와서 좋다. 어서 먹자."

반장이 내 대접에다 라면을 퍼 줬어.

"열두 시부터 한 시까지가 점심시간이다. 여기는 같은 울타리 안에 공장이 네 개 있어. 아연, 크롬, 석고 그리고 우리 청화동. 사장이 네 사람이지. 점심 먹고 마당에서 배구도 하고 고단할 때는 한숨 자기도 해. 너도 쉬고 싶으면 여기 바닥에다 합판 깔고 자도 된다. 배구는 해 봤니?"

"아뇨, 한 번도."

"하긴. 초등학교만 졸업하고 농사짓다 왔다며?"

"네, 이런저런 일 조금씩 했어요. 아버지 집수리 일도 따라다니며 하고……."

"농사짓고 이발소 일 하고 채소 장사 했다는 이야기는 들었다만 집수리까지도 해 봤구나. 그럼 잘됐다. 여기 이 자리에다 건조실을 만들 건데 밥 먹고 나면 벽돌 들여다 놓고 시멘트 반죽하거라."

"그건 할 수 있어요. 아버지 따라다니며 해 봤어요. 시멘트 갠 거는 어디다 담아 올까요?"

"석고 공장에 가서 함지 두 개 빌려라. 여기서는 필요한 게 있으면 서로들 빌려다 써. 대신 제자리에 정확히 가져다 둬야 한다. 여러 사람이 살아서 안 그러면 욕먹어. 작은 연장 하나까지도."

"모래는요?"

"한 시쯤 가져온다 했는데, 곧 올 거다."

점심 먹은 뒷정리를 하고 추워서 화학약품 데우는 가마에 등을 기대고 있는데 공장장이 크롬 공장이 따뜻하다고 거기로 가자네. 건물 벽에 녹색 먼지가 잔뜩 묻어 있는 낡은 문을 열고 들어서는데 그 안은 후끈해. 밖에 있다 안으로 들어서서 그런지 어두침침한데, 안에는 빨간 벽돌로 쌓아 만든 커다란 가마가 있네. 온통 녹색 먼지가 쌓여 있는 버너 두 대가 요란한 소리를 내며 불을 뿜어내. 바싹 마른 몸매에 얼굴은 갸름하고 머리에는 녹색 먼지가 묻어 있는 아저씨가 웃는 얼굴로 나를 쳐다봤어.

"박 반장! 얘가 같이 일한다는 그 앤가?"

"응. 관의야, 인사드려라. 크롬 공장 송 반장이다. 나처럼 직원이 혼자야."

서글서글한 게 눈매가 정겨운 느낌을 주는 송 반장이 내게 손을 내밀며 악수를 청했어.

"키가 나보다 크구나. 같이 잘 지내 보자. 여름에는 더워서 아무도 얼씬거리지 않는데 추운 겨울에는 따뜻해서 최고야."

"안녕하세요?"

"가끔 나도 좀 도와다고. 특히 요놈, 요 버너 불 가끔 봐 주거라. 내가 나중에 부탁하마."

"제가 어떻게……?"

"걱정 마라. 온도 조절만 해 주면 되니까."

크롬 공장 송 반장은 출입문 옆에 있는 사무실에 들어갔다 나오더니 곶감을 내왔어. 고향 어머니가 보내 주신 거라네. 막 곶감을 먹으려고 하는데 대여섯 명이 문을 열고 우르르 들어서는 거야.

"아니 뭔데 슬그머니 숨어서 드시나?"

"송 형! 사람이 그러는 거 아니야. 콩 한 쪽도 나누어 먹어야지."

"애는 누구야? 청화동에 일할 사람 온다더니."

나는 곶감을 입에 넣으려다 손에 든 채 인사를 했어.

"고등학교 졸업했냐?"

"아뇨."

"그럼? 몇 살이냐?"

"학교 다니면 고등학교 일 학년이에요."

"고향이 어디야? 어느 중학교 나왔어?"

이 사람 저 사람이 물어보는 바람에 정신이 없어. 스무 살 조금 넘은 듯 보이는 형이 하나 있고 나머지는 사오십 대 아저씨야.

"답답하게 여기서 이럴 게 아니라, 배구 시합 어때? 술 내기."

"그럴까?"

"관의야! 너 배구 좀 해 봤냐?"

"아뇨, 한 번도."

"중학교서 안 해 봤어? 많이 할 텐데."

"초등학교만 나왔어요."

"그래?"

크롬 공장 가마에 불 쐬러 온 사람들이 갑자기 배구한다고 마당에 모였어. 바람 한 점 없고 따스한 햇볕이 비쳐 봄날 같네. 금방 배구 네트를 치고 몇 번 연습하더니 경기가 시작됐어. 어른들 사이에 끼기 뭣해서 담벼락에 기대 구경하고 있는데 아까부터 나에게 이 것저것 물어보던 스무 살 남짓 되어 보이는 형 하나가 내게 손짓을 하는 거야. 키는 작은데 어깨가 넓고 눈매가 매섭게 생겼어.

"야 인마! 뭐 하고 있어. 들어와."

"저 배구 잘 못해요."

"누군 처음부터 잘하냐, 하다 보면 늘지. 이제 온 놈이 들어오라면 들어와. 저 뒤에 서서 서브라도 넣어."

"잘 못하는데……."

할 수 없이 맨 뒤쪽에 섰어. 청화동, 석고, 크롬 공장 식구들이 한 편 먹고 아연 공장 식구들과 저녁 내기를 하는 거야. 나는 뒤에 서서 서브만 넣으면서 어색하게나마 배구를 하다 보니 첫날이라 움 츠러들어 있던 마음이 조금은 풀어지더라.

점심시간이 끝나 잠깐 땀을 식히고 있는데 공장장이 내게 할 일을 알려 줬어.

"이제 슬슬 준비하자. 나는 건조장 만들 자리 치울 테니까 너는 석고 공장 뒤편에 가서 빨간 벽돌 실어 와라."

수레를 챙기고 있는데 공장장이 면장갑을 끼라네. 공장에서는 뭘 하든 꼭 장갑을 껴야 한다는 거야. 손이 더러워지고 말고가 문 제가 아니라 손가락 다치는 걸 막는 게 목적이래. 기계를 많이 다 루는 거친 일이라 순식간에 큰 사고 난다며 잊지 말고 가슴에 새기 라네. 장갑 끼는 게 습관이 되어야 한다나.

석고 공장 옆으로 가 보니 담 한쪽 구석이 허물어져 있고 거기로 사람이 드나든 흔적이 있어. 담 밖에는 공장에서 버렸는지 여기저기 못 쓰는 석유통, 뼈만 앙상하게 남은 수레, 삽날이 없는 삽자루, 깨진 양동이 들이 너저분하게 흩어져 있어. 석고 공장을 끼고 오른쪽으로 돌아가니 아닌 게 아니라 폐건축 자재가 산더미처럼 쌓여 있는데 색 바랜 목재와 시멘트 블록, 빨간 벽돌, 구들장, 타일 조각, 욕조 들이 마구 버려져 있어.

벽돌을 수레에 싣고 있는데 자동차 소리가 나. 서둘러 벽돌을 담고 수레를 끌고 돌아오니 건축자재를 실은 트럭이 공장 앞마당에 서 있네. 수레를 한 옆에 놓고 공장장한테 갔지.

"시멘트는 저쪽 안에다 쌓자. 밑에다 벽돌 깔고 판때기를 놓은 다음 그 위에다 시멘트를 쌓아라. 땅에서 물기 올라가지 않게. 그리고 모래는 여기 담에 붙여서 부리고."

운전수가 트럭 짐칸 가장자리에 시멘트를 놓아 주면 나랑 공장장이 등짐 져 나르기 시작했어. 시멘트를 다 내린 뒤 공장장이 모래를 부리는 동안 나는 벽돌을 날랐지.

모래를 시멘트와 섞어 함지에 담아 반죽을 한 뒤 공장장이 일하기 편하게 곁에서 반죽과 벽돌을 대 주면서 건조장을 만들었어. 양쪽 두 군데에 아궁이를 만들고 불이 지나가는 길, 그러니까 고래를 만드는데, 바닥을 평평하게 만들려고 하는 거야.

"공장장님! 바닥을 평평하게 하려고요?"

"그럴 건데, 왜?"

"제가 아버지랑 방구들을 여러 번 놔 봤거든요. 그런데 바닥을 아궁이에서 굴뚝 쪽으로 언덕지게 한 뒤 불길을 내던데요. 불기운은 아래서 위로 올라간다고요."

"그래? 네 말을 듣고 보니 그러겠는데. 크롬 공장에 가서 송 반장 오라고 해라. 송 반장이 불가마를 다루어 봐서 알 거다. 물어보고 하자."

크롬 공장 송 반장에게 말을 전하니 하던 일을 멈추고 우리 공장으로 왔어.

"쉽지 않을 텐데 기술자를 부르지. 기술자들은 뭘 먹고 살라고 이러시나. 공장장 당신 돈 들어가는 것도 아니고."

공장장이 자기를 부른 까닭을 듣더니 그래.

"이 애 말이 맞구먼. 굴뚝 쪽이 높고 아궁이가 낮게 경사지게 하는 게 맞어. 여기가 아궁이지? 아궁이 앞에 벽돌 세우자고. 불기운이 아궁이 앞에서 양쪽으로 퍼지게."

크롬 공장 송 반장 이야기를 듣던 공장장이 말했어.

"너는 나이도 어린데 별걸 다 아는구나. 송 반장! 바쁘지 않으면 건조장 만드는 일 좀 거들지?"

셋이 건조장 만드는 일을 같이 했어. 퇴근 무렵까지 쉬지 않고 했는데도 겨우 마무리했어. 송 반장이 오지 않았으면 하루 안에 끝내는 건 어림도 없을 뻔했지.

"송 반장! 퇴근하고 같이 나가세. 내가 한잔 살게."

"술도 안 하는 사람이 뭔 술을 산다고 그래?"

"고마우니까 그러지. 관의도 오늘이 첫 출근이고 하니 준비해서 나오세. 집에 가야 당신 반길 사람도 없잖아. 아직 안사람은 시골서 안 올라왔지?"

"몇 가지 정리가 덜 되었다나. 곧 올라올 거야. 알았네, 여기 정리하고 우리 공장으로 와."

나랑 공장장은 모래와 시멘트를 천막으로 덮고 공장 뒷정리를 했어. 수돗물을 받아 몸을 닦고 크롬 공장으로 가니 그새 송 반장도 깔끔한 차림을 하고 나와. 공장장이 말했어.

"가세. 요 앞 염산 공장 정문 맞은편 함바집 어때? 싸고 안주거리가 푸짐하드만. 해산물이 좋더라고. 관의야 저녁 먹고 가자. 어때? 환영식 겸."

"그런데 아까 배구할 때 어떤 형이 퇴근하고 보자 했는데……."

"누굴 말하는 거지?"

"이름은 잘 모르고 키 작고 어깨가 두툼하고 근육 많은 형이요."

내 이야기를 듣고 있던 송 반장이 끼어들었어.

"아, 철룡이 말하는 거 같은데. 성깔 좀 있어 보이지?"

"그것까지는 모르겠는데 아무튼 어깨가 엄청 두꺼워요. 아, 저기 경비실 옆에 서 있는 저 형요."

"맞네, 철룡이. 저 녀석 또 나선다. 저 녀석은 지보다 어린애만 왔다 하면 뭐라고 하며 나선다니까. 저번에도 아연 공장에서 심부름하러 온 애한테 그러더니."

어떻게 해야 할지 몰라 당황해하고 있는데 공장장이 말했어.

"어이, 철룡이! 같이 가지. 내가 저녁 살게."

"오늘 새로 온 막내랑 둘이 이야기 좀 하려 했는데……. 그러지요, 뭐."

마땅치는 않지만 할 수 없이 그런다는 표정으로 그 형도 우리랑 함께 했어. 이렇게 네 사람은 공장 문을 나섰지.

얼마나 갔을까 느닷없이 뒤에서 다급한 목소리가 들렸어.

"반장님! 박 반장님! 잠깐만요."

뒤돌아보니 사무실 경리 일 보는 여직원이 손짓하며 뛰어오는 게 보여.

"지금 막 전화 왔는데요. 왜 있잖아요, 삼륜차 모는 기사. 허 씨라고 구리 용액 싣고 오는 분."

"알아요. 그런데 무슨 일 있대요?"

"지금 구리 용액 싣고 떠났다네요. 한 삼십 분 안에 도착한다고 퇴근 말고 기다려 달라는데요."

"내일 오기로 했는데 뭔 소리요, 갑자기."

"자세한 말은 와서 한다고 미안하지만 기다려 달래요."

가던 길을 되돌아서 공장으로 가는데 형이 내 어깨를 툭 쳐.

"막내! 우리 배구 연습이나 하자."

형은 경비실에서 배구공을 꺼내 공을 혼자 위로 팅겼어.

"너 아직 내 이름 모르지?"

"네."

"난 철룡이다, 엄철룡. 철룡이 형이라고 불러. 어려워 말고 편하게 지내자."

인상도 그렇고 점심때 배구 시합 뒤 눈치 없이 뒷정리 안 한다고 거칠게 말해 놓고는 편하게 지내자니 이게 뭔가 싶어.

"내가 무서워 보이냐?"

"아니, 그렇진 않고……."

"거짓말할 거 없어. 얼마 전 공장 다니다 그만둔 애가 무섭다고 그러더라. 말 붙이기도 어렵대나? 아무튼 운동이나 하자."

서브 받는 연습을 하는데 공이 앞으로 가는 게 아니라 자꾸 옆으로 튀는 거야. 형은 공을 어디로 받아야 하는지 몇 번 설명하고 시범을 보여 주더라.

"나 고등학교에서 배구 선수였어. 시합도 나가고 그랬지. 나랑 있는 동안 배워 둬."

팔뚝이 벌겋게 되도록 공 받는 연습을 하다 보니 추운 날씨인데도 몸에서 땀이 나.

"운동신경이 아주 없지는 않구나. 중학교도 못 다녔다고 했지?"

"네, 일 학년 오월 초까지 다니다 잘렸어요."

"짜식, 놀았냐?"

"그건 아니고, 말하자면 길어요."

"이야기할 거 없어. 그거 알아서 뭐해. 우리 공장에 초등학교도 못 나온 아저씨들 많아. 그래도 공부 많이 한 사람들보다 일은 더 잘해."

배구 연습 시킬 때는 부드럽고 자상해 보이는데 어느 순간 말할 때 보면 날카롭고 단호해. 손가락에 힘을 주며 토스 연습을 몇 번이나 했을까. 차 엔진 소리가 들리기에 공장 쪽문을 열고 내다보니 바퀴가 세 개 달린 삼륜차가 서 있는 거야. 철룡이 형이랑 함께 대문을 활짝 열어 차가 들어오게 하고 공장 문을 닫는데 공장장과 크롬 공장 송 반장이 사무실에서 나와.

"야, 허 기사! 당신 내일 오기로 했잖아. 퇴근도 못 하게 느닷없이 이게 뭐야."

"미안하이. 좀 봐줘. 일거리 하나 땄거든. 하루 종일 고철 운반하는 건데 내일밖에 안 된다는 거야. 그러니 어째, 박 반장이 봐줘야지. 내가 저녁 살게."

"나야 그런다 해도 같이 저녁 먹으러 나가다 여기 사람 전부 다 당신 때문에 되돌아왔잖아."

"알았어, 미안. 내가 한턱 쏠 테니 좀 봐주세."

삼륜차 짐칸에 있는 구리 용액을 내리기 시작했어. 한 말, 그러니까 이십 리터들이 플라스틱 통인데 염산에 구리가 녹아 있어서 물통보다 훨씬 무거워. 그래도 사람이 많아 그런지 금방 내렸어.

"관의야! 차 바닥에 물 뿌려라. 염산 그냥 놔두면 차 망가진다."

나랑 철룡이 형은 짐칸에, 다른 사람은 앞좌석에 타고 염산 공장 앞에 있는 함바집으로 갔지. 야트막한 산자락 끝 외진 곳에 있는 함바집은 합판으로 대충 얼기설기 만든 판잣집이야. 해가 넘어가 깜깜한데 가로등이라고는 백열등 하나 켜 있어 쓸쓸한 게 사람이 안 사는 집 같더라. 문을 열고 들어서며 크롬 공장 송 반장은 호들갑스럽게 말했어.

"누님! 아우 왔어요. 오늘은 뭐가 맛있수?"

"어서들 오시게. 허 기사까지 왔네. 이리들 앉으시고……. 얘는 못 보던 얼굴인데?"

"청화동 박 반장이랑 일할 애예요. 저녁으로 먹을 거랑 안주거리 줘요. 오늘은 허 기사가 산다니까 돈 신경 쓸 거 없이 비싼 걸로 줘요."

"저 입으로 말하는 거 봐라. 콱 주둥이를 그냥! 허 기사 돈은 돈 아닌감? 운전해서 얼마나 번다고. 저녁에 인천 부두에서 장 봐 왔으니까 우럭 매운탕이랑 오징어 데쳐서 줄게. 싱싱해서 안주로 좋을 거야."

"누님 성깔은 여전허우. 입은 거칠어도 화끈해서 그 맛에 자꾸 온다니까. 우리 관의 환영식이니까 맛있는 거 줘요. 순대 볶음 좋아하냐? 여기 순대 볶음 죽인다. 누님, 막걸리랑 사이다 먼저 줘요."

"그걸 다 어떻게 먹어. 오늘은 그냥 오징어 데친 거랑 매운탕으로 해. 오징어가 아주 좋아. 이름이 관의라고? 우리 막내 나이 또래 돼 보이네. 다음에 오면 순대 볶음 해 주마."

다들 아주머니랑 잘 아는 사이인지 편하게 이야기하는데 우습기도 하고 정겨워 하루 종일 긴장하고 있던 마음이 스르르 풀어졌어. 내 옆에 앉은 철룡이 형이 김치에 막걸리를 한 잔 하고 난 뒤 말을 걸었어.

"청화동 박 반장님 좋은 분이야. 무뚝뚝하고 말수는 별로 없지만 속이 깊으셔. 지내면서 많이 배워라. 반장님 집에 가 봤어?"

"아뇨."

"아주머니도 참 좋은 분이야. 가끔 공장에 점심밥 해서 갖고 오기도 하는데 두 분이 금슬 좋기로 소문났지. 아주머니는 사근사근해. 공장장님하고는 딴판이야. 나랑 공장장님은 형님 아우처럼 지내. 가끔 어려운 일이 생기면 상의 드리기도 하고. 난 버스 정류장 조금 못 미처 낡은 기와집이 있는데 거기서 방 하나 얻어 자취한다. 언제 우리 집에 가자."

"네. 근데 부모님이랑 식구들은……?"

"아버지는 돌아가셨고 내가 장남. 동생들이 셋이나 돼. 어머니는 농사지으셔. 공장 월급으론 동생들 학비 대기도 빠듯하지. 넌 누나랑 형 있다며 왜 학교 안 갔냐?"

"잘 모르겠어요. 날마다 입에 풀칠하는 것도 어려워요. 굶지 않고 겨우겨우 연명하는 정도. 그리고 전 돈 없이 학교 다니며 쪼들리는 거 싫어요. 맨날 등록금 못 냈다고 여기저기 불려 다니는 것도 넌더리 나고. 차라리 공장 일 해서 돈 버는 게 낫지."

"야 인마! 허튼 소리 마. 난 배고파도 학교 가는 게 좋아. 고등학교 다니다 아버지 돌아가시고 도저히 살길이 없어 학교를 때려치웠지만 자꾸 공부 생각이 나. 이제 막내가 육 학년이야. 내가 돈 안 벌면 동생들 다 학교 못 다녀. 중학교라도 졸업시켜야지. 농사지어 봐야 입에 풀칠하기도 빠듯하고."

철룡이 형과 이야기를 나누다 보니 날카롭고 무서워 보이던 인상이 따스하고 정감 있게 느껴져 말이 술술 나와.

"내 둘째 동생이 너랑 동갑이야. 지내다 어려운 거 있으면 내게 와. 여기 공장은 위험한 게 많아. 독극물이 많으니까 조심해라. 그리고 방독면 말인데, 방독면을 써야 할 땐 꼭 써. 덥고 답답하니까 벗고 일하는 사람들 많은데 나중에 큰 병 걸린대. 직원들이 다 모이면 운동을 하든, 회식을 하든 허드렛일은 너랑 내가 막내니까 다 우리 몫이야. 형님들이 좋아서 우리만 시키지는 않지만 그래도 우리가 알아서 해야 욕 안 먹어."

"그렇게 할게요. 그런데 방독면 쓸 정도로 위험해요?"

"몇 가지 빼고는 안 써도 당장 숨 쉬는 데는 별 어려움 없어. 그런데 그게 더 위험해. 나중에 자세히 이야기해 줄 테니 내가 시키는 대로 해."

이런저런 이야기를 하며 밥 먹고 얼마쯤 지났을까 공장장이 자리를 정리하더군.

"그만 가자. 부모님이 걱정하시겠다. 오늘이 첫 출근이라 고단할 거야. 당분간은 서둘러 올 필요 없다. 공장 시설 준비하는 동안은 열 시까지 오너라."

바람이 매서워졌어. 여기는 인천 바다가 가까워 바람이 세고 날씨 변덕도 심하다네. 나랑 형은 트럭 뒤에 탔어. 비포장 길이라 천천히 가는데도 바람이 어찌나 찬지 얼굴이 얼얼한데 형이 내 어깨에 손을 얹으며 소리를 질렀어.

"너 보니까 동생들 생각나네. 보고 싶다, 우리 엄니도. 나한테 말냐. 안 그러면 외로워."

우리는 서로 아무 말 없이 차가운 겨울바람을 얼굴에 맞으며 길 옆 어둠 속 빈 들녘을 한동안 바라봤어. 곧이어 차가 멈췄고 다들 헤어졌지. 나만 허 기사 아저씨와 경인고속도로를 달려 영등포로 갔고.

"더 줄까?"

"그만요. 더는 못 먹어요."

엄마는 내 옆에 앉아 그릇이 빌 만하면 만두를 더 주고 또 주고 해서 벌써 몇 개째 먹는지 모르겠어. 내가 만두, 그것도 푹 익은 김 장김치 넣은 만두를 좋아하긴 하지만 더 이상은 못 먹겠더라.

"만두라도 많이 먹고 가라. 아침엔 밥을 먹어야 하는데 고기도 못 넣은 만두를 먹여 보내니…….”

"걱정 마요. 만두는 날마다 먹어도 안 질린다니까. 엄마도 좀 드 세요."

"나는 식구들 밥 챙기며 이것저것 먹었다. 토요일인데 일찍 안 끝나냐?"

"모르겠어요. 내일 쉬는 건 확실한데……. 기계랑 약품을 다 들 여 와서 오늘 시험 가동한대요. 시제품 만드는 날인데 별일 없으 면 일찍 끝날 거예요."

"저녁은 집에 와서 먹으면 쓰것다만……. 아버지 아는 분이 도살 장에서 일하는데 거기서 소뼈 사 오실 거다. 저녁에 먹게 하마."

새벽어둠이 채 걷히지 않은 골목까지 나와 공장으로 출근하는 아들 뒷모습을 바라보던 엄마가 소리 질렀어.

"오늘은 작업복 갖고 오너라. 빨아야 다음 주에 입지. 잊지 말고 꼭 가져와."

배웅하는 엄마를 뒤로하고 걸음을 서둘렀어. 오늘은 공장을 시험 가동하는 날이라 아침 여덟 시부터 일을 시작하기 때문에 일찍 나서는 길이야. 며칠 다녔다고 그새 출근길이 낯익어. 버스에서 내려 얼마쯤 걸었을까 날 부르는 소리가 들려 돌아보니 크롬 공장 송 반장이 서 있네.

"오늘부터 물건 만든다며?"

"네, 오늘 해 보고 별일 없으면 월요일부터 제대로 돌린대요."

"너네 박 반장도 출근할 시간인데 그 양반 집 근처에 가서 잠깐 기다려 보자."

아닌 게 아니라 공장장이 주머니에 두 손을 찔러 넣고 구부정한 모습으로 골목을 걸어 나오는 게 보여. 셋이 만나 이런저런 이야기를 하다 보니 금방 공장에 도착했어. 공장장은 도착하자마자 건조실에 들어가 버너를 켜는 걸 시작으로 공장을 휘 돌아보며 진공 펌프, 구리 녹이는 기계 등 온갖 기계 스위치를 올리는 거야. 갑자기 기계 돌아가는 소리로 정신이 없네. 건조실 벽에 걸려 있는 작업복으로 갈아입으며 공장장이 말했어.

"날마다 출근하자마자 해야 할 일이 있어. 건조실 버너에 불붙이고 기계 스위치 올리는 일이야. 공장이 바쁘게 움직일 때는 스물네 시간 멈추지 않지. 작업복 갈아입고 연탄불부터 살펴라."

나도 작업복으로 갈아입고 약품을 데우는 가마 아궁이 연탄을 갈았지. 공장장은 앞으로 할 일을 하나하나 이야기해 주기 시작했어. 몇 가지 기계 사용법을 배우고 내 손으로 전원을 켰다 껐다 하면서 되풀이해서 혼자 조작해 봤지. 생각보다 복잡하진 않았어. 공장장은 창고에 가더니 상자를 들고 왔어.

"장화, 고무장갑, 마스크 챙겨라. 이건 방독면이고 고무장갑은 짧은 거랑 긴 게 있어. 일에 따라 알맞게 골라 써. 먼저 면장갑을 끼고 그 위에 고무장갑을 껴라. 뜨거운 거 만질 때 좋기도 하지만 면장갑 안 끼면 땀 차서 습진 생긴다."

장화 신고 팔꿈치 아래까지 오는 긴 검정색 고무장갑을 끼니 화학 공장이라는 느낌이 나. 공장장이 보여 주는 대로 따라하며 얼굴을 완전히 가리는 방독면 쓰는 연습도 했어. 방독면을 쓰니 우습기도 하고 무섭기도 해. 이렇게까지 해야 하는 위험한 일이라는 생각도 들고.

"이제 이 공장에서 처음으로 물건을 만들기 시작하는 거다."

공장장은 진지한 목소리로 날 불렀어. 표정도 엄숙해.

"공장이 작고 초라하지만 이래 봬도 우리 나라에서 청화동 생산하는 데는 여기밖에 없어. 지금까지는 다 수입해다 썼지. 자, 시작하자. 저기 있는 굵은 호스 있지? 한쪽 끝 잡아."

호스 양 끝 높이를 같게 하더니 한쪽 끝에다 수돗물을 넣기 시작했어.

"물이 넘치게 네 쪽 호스를 조금 낮춰라."

호스에 물이 차오르는 소리가 나더니 곧 넘치기 시작해. 바로 수돗물을 잠갔어.

"관의 네 쪽 호스 끝을 꺾어서 물이 나오지 못하게 꽉 붙잡아. 내 쪽 호스는 구리 용액에 담글 거다. 신호를 보내면 꺾은 걸 풀어라. 그러면 구리 용액이 쏟아져 나올 거야."

공장장은 구리 용액이 가득 담긴 가마에 호스를 담근 뒤 내게 신호를 보냈어.

"풀어! 호스 붙잡고! 뜨거우니까 조심해!"

어른 팔뚝 굵기만 한 호스에서 구리 용액이 세차게 쏟아져 나오기 시작했어. 얼마쯤 지났을까 물처럼 맑던 구리 용액에 더러운 게 딸려 나오는 거야.

"공장장님! 구리 용액에서 이상한 게 나와요!"

"뭐? 꺾어! 호스를 꺾으라고. 야 인마! 뭐 하고 있어 빨리 꺾어!"

난 순간 어떻게 해야 할지 몰라 당황하다가 호스 끝을 왼손으로 잡고 안쪽으로 확 꺾었지. 그 순간 호스를 타고 나오던 용액이 내 배로 쏟아지면서 멈췄어.

"앗 뜨거!"

"그대로 있어! 움직이지 마!"

호스를 어쩌지 못해 그대로 몸이 굳어 버렸어.

공장장은 쏜살같이 달려와 내가 들고 있던 호스를 낚아채 바닥에 팽개치고는 구리 용액이 잔뜩 묻어 있는 내 윗도리를 확 잡아

벗기며 소리쳤어.

"윗도리 숙여! 땅에 엎드리라고!"

말이 떨어지기 무섭게 엎드렸고 공장장은 수돗물로 윗도리를 닦아 주기 시작했어. 뜨거운 구리 용액을 뒤집어쓰고 차가운 수돗물까지 뒤집어쓰니 정신이 하나도 없네.

"어때, 괜찮아? 많이 뜨겁냐?"

"뜨겁긴 한데 견딜 만해요."

"놀랬지? 벌겋긴 하다만 펄펄 끓는 게 아니라 심하진 않을 거다. 쓰라리냐?"

"그러지는 않고 좀 따갑네요."

"독한 건 아니라 별일 없을 거다. 그래도 늘 조심해야지. 이만한 게 다행이다. 호스를 몸 쪽으로 꺾으면 어쩌냐? 몸 밖으로 해야지. 사람 없는 쪽으로 해. 염산이나 유산 그런 거면 큰 사고야."

수건으로 물기를 닦고 건조실로 들어가 공장장 작업복으로 갈아입고 나왔어.

"내가 오늘 실수했어. 미안하다. 찌꺼기가 딸려 나간 거야. 일찍 멈췄어야 하는 건데……."

공장장은 알맞은 때 멈췄어야 하는데 일하다 보면 욕심을 부려 사고가 생긴다며 첫날부터 다치게 해 미안하다고 내 등을 토닥여 줬어.

이제 독성이 강한 청화소다를 녹여야 해. 나는 바싹 긴장한 채 방독면을 썼어. 오십 킬로그램짜리 청화소다 철제 깡통을 들어 청화소다 녹이는 스테인리스 통에다 붓고 호스로 물을 넣는데 물이 닿자마자 청화소다가 녹기 시작했어. 잠길 만큼 물을 넣은 다음 스테인리스 고무래로 청화소다를 저어 줬어. 독성이 있다니까 긴장도 되고 무엇보다 방독면을 써서 숨 쉬기가 답답한 게 가장 힘들어. 얼추 다 녹아 갈 무렵 공장장이 말해.

"됐다. 청화소다를 구리 용액에 넣으면 펄펄 끓는다. 화학반응이 일어나는 거야. 수증기가 순식간에 이 안에 가득 찰 거야. 뜨거우니까 조심해. 시작한다."

공장장은 방독면을 안 써. 대신 헝겊 마스크보다 조금 좋아 보이는 마스크를 썼어. 플라스틱 바가지로 청화소다 용액을 퍼서 구리 용액이 담긴 반응용 대형 수조에 조금 부었어. 그러자 화산에서 용암이 솟아오르듯 튀어 오르면서 수증기가 생겨. 구리 용액에 하얀 알갱이가 생기기 시작하네. 공장장이 악을 쓰듯 소리쳤어.

"이제 본격적으로 넣는다. 조심해! 너는 옆에서 긴 스텐 고무래로 저어 줘. 데지 않게 조심하고 골고루 섞어야 한다."

공장장이 청화소다 용액을 붓자 용액이 끓어오르며 치솟았어. 순식간에 공장 안은 앞이 안 보이게 수증기로 가득 찼지만 공장장은 그래도 계속 청화소다 용액을 부었어. 바로 앞에 있는 공장장마저 아른거리더니 잘 안 보여. 방독면을 써 숨 쉬는 건 불편하지, 용액이 끓어오르면서 덥지, 게다가 빠르게 용액을 휘젓기까지 해야 하니 정신이 하나도 없어. 더군다나 자세가 어정쩡해 그런지 어깨는 빠개지는 듯 아픈 거야. 어느 순간 가슴이 답답하고 터질 것만

같아 그만 나도 모르게 고무래를 내팽개치고 공장 밖으로 뛰쳐나
갔어. 조금 있자 공장장도 따라 나오더니 마스크를 벗었어.

"놀랬지? 수증기가 너무 안 빠진다. 지붕 가운데에 구멍을 내야
겠어. 지금 있는 환풍기로는 어림도 없네. 김 좀 빠지면 마무리
하자. 냄새가 독하지는 않지?"

"그렇게 독하진 않네요? 연긴지 수증긴지 마셔도 괜찮아요?"

"수증기다. 청화소다랑 구리 용액이 반응하면 물이 나와. 하얀
가루만 남기고 나머지는 물로 바뀌지. 다시 들어가자."

안으로 들어가니 가득 찼던 수증기가 거의 다 빠지고 반응용 수
조 안 용액은 언제 그 난리가 났냐는 듯 잔잔해. 바닥에는 아주 예
쁜 흰 가루가 가라앉아 있고 용액 표면에는 거북이 등에 있는 무늬
모양의 투명 막이 생겼어.

"이제 됐다. 반응이 끝났어. 가루가 가라앉으면 호스로 반응 수
조에 있는 물을 버리면 된다."

제품을 만든 뒤 공장장과 나는 월요일부터 공장이 제대로 돌아
가도록 구리에 염산을 붓고, 구리 용액을 다시 가마에 채우고 하느
라 정신없이 움직였어. 공장장을 따라다니며 부지런히 도왔지. 사
이사이 건조실에 들어가 제품이 타지 않도록 저어 줬어. 연탄불까
지 갈고 바닥에 물을 뿌려 청소하고 나니 해가 기울고 있네.

"저기 네모난 깡통 가져와 봐라. 큰 거 두 개랑 작은 거 하나."

공장장은 완제품 포장 방법을 보여 줬어. 나는 시키는 대로 깡통
에 비닐봉지를 넣고 제품을 담은 다음 무게를 달았어. 십오 킬로그

램 조금 넘게 담고 비닐을 묶은 뒤 뚜껑을 덮고 납땜을 했지.

"자, 이제 퇴근하자."

작업복을 챙겨 가방에 넣고 퇴근을 했어. 어둠이 내리기 시작하는 길을 따라 걷는데 배가 고파. 얼른 집에 가 밥 먹을 생각에 공장장과 헤어진 뒤 걸음을 재촉했어. 지친 몸을 끌고 영등포 시장 골목길을 들어서는데 순대, 곱창 볶음, 잡채 볶음이 보여. 사 먹을까 말까 몇 번 망설이는데 문득 오늘 뼛국을 끓일 거라는 엄마 말이 생각나는 거야. 그 생각이 들자마자 망설임 없이 시장을 빠져나와 버스 타고 집으로 갔어.

"엄마! 다녀왔어요."

"어이구, 내 새끼 다녀왔냐? 가방 이리 다오. 뭐 좀 먹고 오지."

"뭘 먹어요. 뼛국 먹으려고 그냥 왔지. 엄마, 배고파 죽겠어요."

수돗가 옆에 연탄 화덕을 놓고 뼛국을 끓이고 있던 아버지가 날 부르셨어.

"다녀왔냐? 이리 와 국 간 좀 보거라."

아버지는 살이 잔뜩 붙은 뼈가 담긴 그릇을 내게 내밀었어. 연탄 화덕 옆에서 정신없이 뼈를 빨아 먹는 나를 물끄러미 바라보다 물었어.

"어디 아픈 덴 없냐? 힘들진 않아?"

"아프긴 어디가 아파요. 근데 이거 너무 맛있어요."

그때 내 가방에서 작업복을 꺼내 여기저기 살피던 어머니가 냄새를 맡아.

"이게 무슨 냄새여? 아이고, 독허다 독혀. 톡 쏘는 게 숨이 막히는구먼. 옷은 왜 이렇게 젖었고?"

순간 나는 구리 용액이 묻은 작업복을 물에 대충 주물러 가져온 게 생각났어.

"아 그거, 일하다 뭐가 좀 묻었어요. 별거 아니에요."

"뭔데 이렇게 독하냐고. 몸은 안 다치고? 어린 것한테 이 독한 걸 만지게 하다니……."

"엄마! 아니라니까. 중화된 거라 안 독해요. 우리 공장장은 벌써 언제부터 일하고 있는 건데 걱정 마요. 장갑 끼고 방독면 쓰고 일한다니까요."

차려 준 저녁밥을 정신없이 먹고 빈 그릇을 갖고 나오니 엄마는 수돗가에 쪼그리고 앉아 내 작업복을 빨며 혼자 중얼거리고 계셨어.

"에미 애비 잘못으로 자식에게 이런 일까지 시키다니. 자식을 사지로 몰아넣고. 불쌍한 내 새끼. 이 독한 걸 몸에 묻히고 일을 한단 말이냐. 내가 죄인이지, 내가 죄인이여."

엄마가 하는 혼잣말을 못 들은 척하고 빈 그릇을 담갔어. 그 뒤로 나는 되도록 작업복을 집에 가져가지 않았어. 가져가더라도 공장에서 내 손으로 빨아 화학약품 냄새를 뺀 다음 가져갔지.

내 인생 첫 야근

"바쁜가?"

느닷없는 소리에 물청소를 하다가 호스를 든 채 허리를 폈지. 구리 용액을 가져오는 삼륜차 허 기사가 공장 문턱에 서 있는 거야.

"공장장인지 박 반장인지 어디 갔니? 공장이 엄청 시끄럽구먼."

그때 건조실에서 제품을 뒤집고 있던 공장장이 나왔어.

"누가 이렇게 소리 지르고 난리야! 남의 집에 왔으면 예의를 지켜야지."

"예의는! 몇 번을 불러도 아무도 쳐다보지 않는 건 예의고?"

"그랬는가? 버너 두 대, 진공 펌프, 모터까지 돌아가니 그럴 만도 해. 귀에 대고 소리 질러야 겨우 들려. 어서 오게. 미안하이."

"얼른 물건이나 내려. 오늘은 이거 말고 두 번 더 실어 와야 해."

구리 용액 통을 내리러 삼륜차 있는 데로 갔어. 공장장은 어깨랑 허리를 좀 풀어 준 다음에 내리래. 무거운 거 내리다 몇 번 허리를 삐끗해 고생했다며 공장장은 무거운 걸 들 때마다 조심 시켜. 그때 허 기사가 끼어들어.

"관의야, 오늘은 고무장갑 끼고 내려라. 통에 물을 끼얹고 와서 물기가 많아. 물 끼얹어 씻는다고는 했지만 통에 용액이 좀 묻어 있을 거야. 옷에 묻지 않게 조심하고."

다른 날은 구리 용액을 넣고 며칠 있다 실어 오기 때문에 통에 묻은 용액이 마를 시간이 있는데 오늘은 곧바로 와서 그런지 용액이 많이 묻어 있더라. 염산 성분이 강해서 피부나 옷에 닿으면 좋을 게 없거든.

하지만 오십 개쯤 되는 구리 용액을 다 내리고 나니 작업복에 용액이 묻는 정도가 아니라 흠뻑 젖어서 피부가 쓰려. 힘도 힘이지만 일하는 요령이 없어 구리 용액 통을 끌어안다시피 하니 온몸이 염산에 젖을 수밖에. 설거지 못 하는 놈 물만 사방으로 튄다고 내가 딱 그 꼴이야. 오늘 세 트럭이나 내려야 하는데 겨우 한 번 작업하고 이 모양이니 큰일이야. 젖어서 추운 것도 추운 거지만 염산 성분이 강해서 쓰리고 많이 아프네.

"물로 닦고 옷 갈아입어라."

"또 젖을 텐데요. 그냥 할게요."

"안 돼. 몸에 염산 스며들어 좋을 거 없다. 하루 이틀 일할 것도 아닌데 얼른 몸 닦고 작업복 갈아입어. 그리고 크롬 공장 가서 송 반장한테 비닐 앞치마 달래서 걸쳐라. 다리까지 가리면 도움이 될 거야."

"그거 입으면 거추장스러워서 일하기 힘든데……."

"내 말 들어. 뭐 해! 그대로 있을 거야! 빨리 몸에 묻은 구리 용액 닦아 내라니까! 비닐 앞치마 갖고 오고."

좀처럼 화내는 일이 없는 공장장인데 버럭 소리를 지르네. 그렇지 않아도 축축하고 쓰라려 짜증 나는 판에 공장장까지 화를 내니 기분이 안 좋아.

"이 사람아, 그렇다고 애한테 그렇게 화까지 내나. 관의야! 공장장 말이 맞다. 얼른 옷 갈아입고 앞치마 두르거라. 구리 용액 몸에 묻어 좋을 거 없어."

공장에 온 뒤로 형님처럼 생각했고, 둘이 지내 온 지 석 달째 들어섰는데 한 번도 화를 내거나 뭐라고 잔소리 한 번 심하게 한 적 없던 공장장이야. 나는 기분이 안 좋은 정도를 넘어 서러워 눈물이 나올 뻔했어. 내 표정이 안 좋은 걸 읽었는지 조금 부드러워진 목소리로 공장장이 말했어.

"이 공장에서 일하다 보면 말이다, 일 안 할 때도 내복에 푸른색이 묻어나. 뭔 말인지 아니? 구리 용액이나 약품이 알게 모르게 몸에 배어 들어 있다가 그게 속옷에 묻어나는 거다. 몸에 스며들어 간 게 나오는 거라고. 넌 인마 아직 어려. 젊은 나이에 그러면 더 해롭다. 난 아들딸 다 낳았지만 넌 장가도 안 갔어. 그래서 그러는 거니까 언짢아 말고 가서 내가 시키는 대로 해. 그리고 오늘은 구리 용액만 들어오는 게 아냐. 청화소다도 큰 컨테이너로 가득 들어온다. 청화소다는 오십 킬로그램이야. 그것도 내려야하니까 몸 살살 부리고."

삼륜차 운전하는 허 기사가 놀란 표정으로 물었어.

"뭔 청화소다를 그렇게 많이 들여와?"

"아직 말 안 했나? 홍콩에 수출하기로 했어. 신용장이 얼마 전에 왔대. 그래서 구리 용액도 많이 들여오는 거야."

삼월 중순, 팬티만 입은 채 마당에서 수돗물을 틀어 온몸에 찬물을 끼얹으니 이빨이 딱딱 부닥치고 온몸이 떨려. 건조실 버너를 조금 밖으로 끄집어내 그 열기에 몸을 덥히며 옷을 갈아입고 나니 기분이 좀 나아졌어.

'홍콩에 청화동을 수출한다고? 공장이 바쁘게 돌아가겠는데. 잔업도 늘어나고 야근하는 날도 있겠군.'

이런 생각이 들면서도 월급이 그만큼 많아진다는 게 좋더라고. 춥다가 따스한 데 들어와 그런지 졸음이 살살 오는 걸 참고 밖으로 나왔지.

"춥지 않냐? 더 있다 나오지 왜 벌써 나왔어. 좀 더 쉬거라."

"공장장님! 잔업도 하고 그래야 하나요?"

"왜? 걱정 돼?"

"그건 아닌데 언제부터 하나 해서요."

"오늘 청화소다 들어올 때 사장님도 같이 오실 거다. 그때 사장님 말씀 들어 보고 일 가닥을 잡아 보자. 잔업 정도가 아니라 야근을 해야 할지도 몰라."

나는 허 기사가 구리 용액을 들여오는 바람에 멈췄던 공장 바닥 정리와 반응이 끝난 청화동을 물로 여과하는 일을 시작했어. 진공 펌프를 돌리고 여과기에 물을 대 주고 바닥 청소하는 일을 바쁘게 하고 나니 배가 출출해. 시계를 보니까 점심시간이 다 돼 가네.

"공장장님! 오늘 점심은 돼지고기 김치찌개 맞지요? 돼지고기 어디 있어요?"

"저쪽 구석에 있는 라면 상자에 넣어 뒀다. 김치도 있어. 네가 끓일래? 크롬 공장 송 반장도 함께 먹게 넉넉히 해라."

"예. 저 돼지고기 김치찌개 잘 끓여요. 집에서도 알아줘요."

다른 공장에서 새우젓이랑 마늘을 얻어다 찌개를 안쳤지. 찌개가 끓고 있는 동안 건조실 바닥에 벽돌을 놓고 그 위에 합판을 얹어 밥상을 만든 뒤 벽돌을 빙 둘러 의자로 삼으니 그럴듯해. 찌개를 냄비째 가운데다 놓고 막 밥을 푸는데 밖에서 차 소리가 나. 구리 용액이 들어왔나 싶어 나가려는데 사장이 삼륜차 허 기사와 들어와. 공장장이 좀 뜻밖이라는 표정을 지었어.

"아니, 사장님! 저녁나절에 청화소다 갖고 들어오신다고……."

"청화소다 통관 절차가 어제 다 끝나서 두세 시쯤 갖고 온다네. 어제 내가 세관 다녀왔거든. 허 기사랑은 마침 선이 닿았지. 영등포에서 만나 들어오는 길이야. 점심?"

"같이 드시지요. 관의야! 밥 넉넉하냐?"

"네, 많아요. 제가 배가 고파서 좀 넉넉히 했거든요."

돼지고기 찌개로 밥상을 차려 한참 정신없이 먹는데 사장이 들뜬 목소리로 말했어.

"우리 공장을 당장 내일부터 스물네 시간 돌려야겠어. 한 달 뒤

에 물건을 보내야 하거든. 양이 좀 많아. 지금 우리가 낮에 생산
하는 것만으로는 정해진 날짜에 선적 못 해. 사람과 기계가 할
수 있는 만큼 해 보자고. 이번 건만 잘 처리하고 품질 인정받으
면 여기저기서 주문이 들어올 거야. 이번 건은 값이 좀 싼데 상
황 봐서 값을 제대로 받아야지. 아직은 제값 받기가 어려워."

"그러면 기계 부품이랑 원료를 미리 들여다 놔야겠는데요. 둘이
일해서 되겠어요? 사람이 부족하진 않을런지……."

"관의 너 야근할 수 있겠냐? 공장장은 낮에 공장을 책임지고 돌
려야 하니까 밤새는 게 어려워. 그러면 이렇게 합시다. 공장장은
주로 낮에 반응시켜서 청화동을 만들어 내고, 관의는 밤에 제품
을 말려 포장하면서 반응에 필요한 원료를 준비하고. 원료 탱크
를 하나 더 만들도록 주문하지. 이렇게 하면 어때?"

공장장은 숟가락을 든 채 생각에 잠겨 대답을 안 하네. 그때 송
반장이 나섰어.

"이번 달 우리 공장 일감이 별로 없어요. 우리 공장 사장님하고
이야기하셔서 제가 도와줘도 된다고 하면 낮에 틈내서 일을 거
들지요."

우리 사장은 일단 크롬 공장 사장과 이야기해 보겠다고 하면서
박 반장 눈치를 살폈어. 박 반장은 그 뒤로도 말이 없다가 밥을 몇
숟가락 뜨더니 입을 열었어.

"관의가 아직은 어려서 야근하는 게 쉽지 않을 거라는 생각이
드네요. 잘못하면 졸다가 제품을 태우거나 불날까 걱정도 되

고……. 쉬운 일이 아닙니다. 더구나 밤에 누울 자리도 마땅치가 않아요. 건조실 바닥에서 자야 하니…….”

모두 심각한 표정이야. 사실 나는 어려서부터 초저녁에 잠자는 체질이라 어렸을 때는 밥 먹다가 밥상에 머리를 박은 채 잠에 떨어지기도 했지. 겁은 나지만 밤새는 것도 재미있을 거라는 생각이 들었어. 한 번도 안 해 본 거니까.

“공장장님, 해 볼게요. 할 수 있을 거 같아요. 정 힘들면 잠깐 버너 꺼 놓고 건조실에서 눈 붙이면 되지요.”

결국 나는 밤중에 제품을 말리면서 낮에 일하기 편하도록 원료를 준비하는 역할을 맡았어. 당장은 자리가 좁으니 할 수 없이 바닥에 합판 깔고 잠깐 눈 붙이는 걸로 하고.

“오늘부터 밤샌다니 걱정이다. 기계도 위험하고 독한 약도 만지는디 다치지 않게 조심혀. 너까지 밤새야 할 정도라니 어쩔 수는 없다만.”

엄마는 밥상머리에 앉아 안쓰러운 얼굴로 날 쳐다보며 이야기를 했지만 나는 듣기만 했어. 밤에 입을 두꺼운 옷을 챙겨 들고 집을 나올 때 오금 박듯이 다부지게 말하는 엄마 표정이 어두워.

“몸조심해라. 없는 사람은 몸이 재산이다. 몸이 성해야 뭐라도 해서 먹고살지.”

어두운 엄마 얼굴을 보고 나와 그런지 아니면 오늘따라 짙게 낀 안개 때문인지 기분이 별로야. 버스에서 눈을 감고 잠을 청하는데 잠도 안 와. 버스가 부평공단을 막 지나 정류장에 섰을 때야. 고등학교 아이들이 우르르 올라오는데 여학생, 남학생이 떼로 올라타.

"오늘 지각이다. 또 얻어맞게 생겼네."

"넌 인마, 오늘만 그러냐. 맨날 지각하는 놈이."

"우리 담임 꼰대 말이야. 걔 왜 그래? 요즘 잔소리가 더 늘었어."

발 디딜 틈 없이 꽉 찬 버스 안은 아이들 떠드는 소리에 정신이 하나도 없어. 난 눈을 감았지. 고등학교 애들 쳐다보고 있는 게 불편해 눈 감고 잠을 청해 봤지만 그날따라 걔네들끼리 주고받는 말이 자꾸만 귀에 거슬려.

버스에서 내리니 안개가 좀 옅어졌어. 작업복 가방을 한쪽 어깨에 걸치고 부지런히 걸었지. 공장 안으로 들어서자마자 늘 하듯 기계 돌리고 건조실 버너에 불을 붙인 뒤 막 작업복으로 갈아입고 있는데, 공장장이 들어섰어.

"철룡이가 팔을 다쳤다는구나."

"철룡이 형이 팔을 다쳤다고요?"

공장장이 전하는 말을 듣고 깜짝 놀라 되물었지.

"응, 심하진 않고 여러 바늘 꿰매 당분간 못 나온다네. 집에서 쉬고 있대."

철룡이 형이 일하는 아연 공장에는 모터가 한두 대가 아니야. 몇 마력 안 되는 작은 모터부터 대형 모터까지……. 모터 벨트에 옷소매가 감겨 들어가면서 다쳤다는 거야. 가끔 듣기는 했지, 어떤 공장에서 일하다 팔이나 손가락이 잘렸다는 끔찍한 이야기를. 심지어 사고로 죽었다는 이야기도. 하지만 우리 공장은 철 같은 금속을 자르고 다듬는 공장이 아니라 그런 끔찍한 사고는 일어나지 않는다고 해서 마음이 놓였는데 철룡이 형 사고 소식에 걱정과 함께 무서운 생각이 들어 마음이 흔들렸어.

"윗도리 소매가 늘어지면 위험해. 아차 하는 순간 빨려 들어간다. 꼭 토시를 끼거라. 옷도 덜 더러워지고 하니."

토시를 끼고 나니 몸이 둔해. 그렇지 않아도 온종일 무릎 아래까지 오는 장화를 신고 있는데다가 약품이나 액체를 만질 때마다 면장갑에 팔꿈치까지 오는 고무장갑을 껴. 이른 봄에도 온몸이 갑갑한데 여름에는 어떻게 살까 싶더라. 게다가 방독면이나 먼지를 막아 주는 마스크를 끼고 일하다 보면 숨 쉬는 것도 쉽지 않은데 이제는 토시까지 껴야 하니 걱정이야.

철룡이 형 걱정으로 마음이 무겁더니 나중에는 일하느라 다른 생각할 겨를이 없어. 홍콩으로 수출할 물건을 만들기 시작하는 첫날이라 그런지 몸도 마음도 바빠. 건조실 버너는 다른 날보다 온도를 높일 수 있는 한 높여서 세게 틀었어. 널어 놓은 제품이 타지 않도록 거의 건조실에 붙어 살다시피 해야 했어. 그러면서도 틈틈이 공장장이 일하는 데 필요한 물건이나 약품을 눈치껏 갖다 놓아야 했고.

정신없이 일하다 보니 공장장 아주머니가 점심밥을 해 오셨어. 출근하고 조금 뒤 밥을 해 올 테니 밥하지 말라고 전화를 주셨어. 수출할 물건 만드느라 바쁠 것 같아 당분간 점심을 해다 주겠다는 거야. 나야 좋지. 일하다 말고 해 먹는 점심은 뻔해. 라면이나 김치찌개가 전부야. 가끔 칼국수나 수제비를 끓여 먹기도 하지만.

봄기운이 돌아 그런지 남향 담 밑에 합판을 깔아 그 위에 반찬과 밥을 펼쳐 놓았는데 꼭 소풍 온 것 같아. 아주머니는 물과 후식으로 먹을 과일까지 갖고 오셨어.

"잘 먹겠습니다."

"어서 먹거라. 네가 국을 좋아한다고 해서 된장국 끓여 왔다."

"국 없이도 잘 먹는데……. 된장국 맛있네요."

아주머니는 반찬을 일부러 내 쪽으로 밀어 주시고 자리에서 일어서.

"석이가 학교에서 올 때라 가서 밥 준비해야 하니까 다 먹으면 그릇은 통에 담아 놓거라. 여보! 이따가 퇴근할 때 갖고 와요. 그리고 이건 너 야근할 때 먹어. 사과 몇 개 가져왔다."

해가 뉘엿뉘엿 넘어갈 무렵 사장이 삼륜차 허 기사와 들어오셨어. 작은 중고 냉장고와 기계 부품, 장갑 같은 소모품을 꽤 많이 사 왔네. 밤에 야근하며 들으라고 파란색 금성 라디오까지. 물건을 정리해 놓고 공장장은 퇴근할 준비를 했어. 공장장은 나를 데리고 공장을 한 바퀴 돌며 당부를 하더군.

"밤에는 공연히 손대다 찔리거나 다칠 수 있으니까 고철을 만지지 말거라. 반응에 필요한 용액 만드는 거랑 제품 건조해서 포장하는 데만 신경 써. 연탄불 살피는 것하고. 마당까지 전등 켜 놓고 있어라. 졸리면 건조실 바닥에서 자고, 잘 때는 건조대 버너를 끄거나 아주 약하게 해 놓고 젖은 제품을 넣어놓고 자거라. 혹시 깜빡해서 태우더라도 걱정 말고 탄 거는 걷어서 따로 담아 놔. 포장할 때 탄 게 들어가지 않도록 하고 무슨 일 있으면 우리 집으로 연락하거라."

나는 공장장과 사장이 허 기사 차를 타러 가는 정문 앞까지 따라 갔어. 세 사람은 차를 타고 떠났고 공장에는 나 혼자만 남았지. 이제 내 인생에서 처음으로 야근을 하는 거야.

어둠이 내리는 논 옆 비포장 길로 털털거리며 사라져 가는 삼륜차를 넋 놓고 서서 물끄러미 바라봤지. 모두들 퇴근하고 이제 나혼자 밤을 새야 한다는 생각에 쓸쓸한 마음이 들며 어깨가 축 쳐지네. 해가 넘어간 흔적이 남아 불그레한 인천항 쪽 하늘을 바라보다 나도 모르게 논두렁을 걷기 시작했지.

공장에 처음 출근하던 날 아침이 생각나. 그때도 지금처럼 논두렁에 한참 앉아 있었지. 지금은 일도 어지간히 익숙해지고 몸도 견딜 만해. 하지만 청과물 도매시장에서 물건 받아다 채소 장사할 때랑 다른 게 있어. 시계를 자꾸 쳐다본다는 거야. 월급날만 기다리는 거지. 그때는 물건을 받아다 팔면서 그날그날 남는 이익 계산하는 재미가 있었는데 지금은 하루하루 흘러가는 게 돈 버는 거야. 그래서 그런지 일거리가 많아지면 좋기보다는 '아이고 힘들게 생겼네.' 하는 생각이 먼저 들어. 일을 많이 하나 적게 하나 내 월급에는 차이가 없으니까. 별다른 신경 쓸 거 없이 시키는 일만 해도 월급이 나와 그런지 채소 장사 할 때와 달리 하루하루 시간 가는 게 지루해.

문득 며칠 전 점심시간에 배구를 하고 나서 공이랑 네트를 같이 정리하던 크롬 공장 송 반장이 하던 말이 떠올랐어.

"요즘 말이야 철룡이 그놈은 점심 먹고 배구도 안 해. 그렇게 배구를 좋아하던 녀석이……. 공부한다고 밥도 대충 먹고 당직실에 들어가 책만 본다니까."

아닌 게 아니라 공부를 시작한 뒤로 철룡이 형 얼굴에 생기가 돌더라. 가끔 직원들이랑 먹던 술도 안 먹고. 그러고 보니 다음 달에 검정고시 볼 텐데 다쳐 어쩌나 싶어. 만약 오른손을 다쳤다면 보통 일이 아닐 텐데……. 어린 동생들 데리고 어렵게 사는 홀어머니께 보내 드릴 돈으로 학원비 내며 한 공부인데 어쩌나 싶어. 내일 퇴근길에 형한테 들러야겠다고 마음먹고 무거운 엉덩이를 일으켜 공장으로 들어갔지.

아연 공장 직원들도 퇴근 준비를 하는지 기계 소리가 안 나. 슬쩍 안을 들여다보니 바닥 청소를 하거나 고무장갑, 면장갑을 빨아 널고 세수하는 몸놀림들이 가벼워. 아저씨들은 옷을 갈아입으며 내가 야근하는 게 마음 쓰이는지 한마디씩 하네.

"너 오늘 야근한다며?"

"오늘은 우리 아연 공장에 야근하는 사람도 없는데, 이 넓은 공장에 너 혼자 있는 거네."

"너 야근해 봤어?"

"야근이라고 잠 안 자는 거 아니다. 두어 시간은 자야 해. 야근을 해도 잠깐 눈은 붙여야 한다고. 더구나 혼자 하는데."

"다치지 않게 조심해. 젊은 나이에 다치면 다친 놈만 고생이다. 누가 알아주는 것도 아니고 보상도 제대로 안 해 줘. 세상이란 게 그런 거야. 없는 놈 몸 망가지면 그날로 신세 조지는 거다, 조지는 거."

말끔하게 차려입고 퇴근 준비하는 아저씨들을 뒤로하고 우리 공장 쪽으로 가는데 공장이 휑하니 텅 빈 느낌이야. 이제 혼자라는 생각을 하다가 언뜻 건조대에 올려놓은 제품이 걱정돼 뛰어 들어가 보니 아직 타지는 않았네.

냉장고에서 사과를 꺼내 한입 물고 구석에 앉아 머리를 굴리며 오늘 밤에 꼭 해야 할 일을 정했어. 제품 말리고 포장할 것, 공장장이 일하기 좋게 준비할 것, 연탄불 갈 것, 이렇게 세 가지. 혼자 중얼거렸어.

"좋아. 어떤 일이 있어도 제품은 태우지 않는다. 관의 너 말이야 제품은 태우지 마라. 불조심하고."

혼자 묻고 혼자 답하는 내 모습을 보면 정신 나갔다고 할 거야. 그런데 혼자, 그것도 난생처음 하는 밤샘 작업을 하면서 오는 두려움과 걱정을 덜어 내는 데는 효과가 대단해. 기분이 좋아지고 자신감이 생겨. 사과를 다 먹고 벌떡 일어나서 소리를 질렀어.

"이제 슬슬 시작해 볼까. 우선 라디오 음악 큐!"

라디오에서 나오는 노래를 따라 부르며 건조대에 올려놓은 청화동을 뒤채고 섞었어. 마치 춤을 추듯 몸을 이리저리 흔들고 때로는 고무래 손잡이를 마이크 삼아 가수처럼 감정 잡고 노래도 불렀지.

"징검다리 건너갈 때 뒤돌아보며 서울로 떠나간 사람. 천리 타향 멀리 가더니 새 봄이 오기 전에 잊어버렸나. 고향의 물레방 아……."

이 넓은 공장에 나 혼자 남았다는 두려움과 지루함이 노래하는 동안에는 덜해. 덜한 정도가 아니라 힘이 나네. 노래는 일에 푹 빠지게 만드는 힘이 있어. 노래하면서 건조대 위에 있던 청화동 말리고 연탄불 갈고 내일 필요한 재료를 창고에서 꺼내 놓고 하다 보니 배가 고파.

라면을 두 개 끓였어. 춥기도 하고 밝은 불길을 보면서 먹는 게 좋겠다 싶어 아궁이 쪽을 마주하고 먹는데 으스스해. 누군가 내 뒤통수를 확 낚아챌 것 같은 스산한 기분이 들어. 얼른 다 먹고 밖으로 나왔어.

차라리 밖으로 나오니 두려움이 가시네. 라디오 정규 방송은 진작 끝났어. 이제 사회교육 방송만 나와. 북한에 있는 이산가족을 찾는 사연이 나오거나 아니면 북한이 요즘은 어떻게 돌아가는지 전문가라는 사람이 나와서 심각한 목소리로 뭐라고 떠드는데, 그 소리가 내 귀에 들어오겠어? 그냥 사람이 떠드니까 덜 심심한 정도지.

벽에 걸린 시계를 보니 새벽 두 시가 넘었어. 혼자 있는 게 이상해서 정신없이 움직이다 보니 저녁을 새벽에야 먹은 거야. 낮에 공장장과 만들어 놓은 청화동도 이제 한 판만 말리면 끝이야. 더 말릴 것도 없어. 내일 일할 준비도 다 해 놓았겠다 조금만 더 부지런히 움직이면 공장장 출근할 때까지 한숨 자도 되겠어.

노래 부르며 일할 때는 모르겠더니 저녁 겸 야식을 먹어 그런지 느닷없이 잠이 쏟아지네. 눈꺼풀이 무서울 정도로 내려오기 시작하는 거야.

"청화동 한 판만 말리면 끝이다. 졸지 마라. 마무리하고 자자. 조금만 참아라, 참아!"

다시 혼자 떠들기 시작했어. 내가 알고 있는 노래라는 노래는 죄다 끄집어내 불러 대기 시작했지. 가요를 부르다 동요를 부르다 '아리랑'도 부르고 '한오백년'도 부르고. 누가 옆에서 보면 제정신이 아니라고 할 거야. 그렇게 떠들고 헛소리를 하는데도 눈꺼풀은 무섭게 내려와.

"움직여. 눈 부릅뜨라고. 한 판만, 한 판만 말리자. 졸면 일 나! 야근 첫날부터 사고 칠래? 정신 차려 인마!"

청화동이 탈까 봐 서서 쉼 없이 고무래로 제품을 뒤채며 떠드는데도 어느새 선 채로 눈을 감고 있는 거야. 깜짝 놀라 아궁이 쪽을 뒤채니 그새 누렇게 타들어 오고 있네. 탄 것만 퍼내서 모아 놓은 뒤 머리를 흔들며 다시 뒤집기 시작했지.

"조금만, 조금만 더 정신 차리자고. 졸지 마! 아이고, 안 되겠네. 세수라도 하자!"

수돗가로 나와 찬물을 머리에 들이부었어. 봄이 왔다고 하지만 새벽 찬 공기를 맞는 것만으로도 추운데 거기다가 머리에 찬물을 들이부으니 정신이 번쩍 나. 찬물을 떠 한 모금 마시고 머리를 수건으로 대충 닦고 건조실로 들어가 청화동을 뒤챘지.

마침내 다 말랐어. 마른 청화동을 퍼내는 동안에도 눈꺼풀이 무섭게 내려오네. 세상에서 가장 무거운 게 눈꺼풀이라더니 몸을 움직이는데도 자꾸 눈이 감겨. 버너 밸브를 잠그고 마당으로 나왔어. 시계를 보니 네 시 조금 넘었네. 공장은 쥐 죽은 듯 조용해. 낮게 깔린 새벽안개를 타고 공장 뒷산에서 내려온 나무 냄새가 진하게 나. 팔을 벌려 숨을 크게 쉬고 중얼거렸어.

"오늘 일 다 끝냈다. 이제 자도 된다. 자자, 자자고."

청화동 가루가 허옇게 깔려 있는 건조실 바닥에 합판을 깔았어. 나무토막 하나를 가져다 베개 삼아 베고는 등을 아궁이 쪽에다 대고 누웠지. 군용 담요 한 장을 덮고 누웠는데 잠을 잘 수 있다는 게 정말 행복해. 더구나 일도 다 끝냈으니 건조실 아궁이 불기운을 따스하게 느끼며 깊은 잠에 빠져들었지.

얼마나 잤을까, 추워서 깼어. 얇은 군용 담요를 머리까지 덮고 아무리 웅크려도 덜덜 떨려 더 자라고 해도 못 자겠어. 벌겋게 달아올랐던 아궁이가 식어 밖이나 건조실이나 춥기는 매한가지야. 시계를 보니 일곱 시 조금 넘었네. 곧 공장장 올 시간이야.

무거운 몸을 움직여 담요를 개고 기계를 돌리기 시작했지. 연탄불 갈고 공장 마당도 쓸었어. 그러고 나니 몸이 좀 풀리고 잠도 어느 정도 깨. 건조실에 들어가 밤새 말려 놓은 청화동을 저울로 달아 포장하고 있는데 누군가 들어오는 발소리가 나.

"고단하지? 별일 없었냐?"

공장장이 건조실 안으로 들어서며 말했어.

"깜빡 졸아서 조금 태운 것 말고는 괜찮아요."

공장장은 여기저기 둘러보더니 어서 퇴근하라면서, 서울 가서 밥 먹으려면 배고플 거라고 당신 집에 가서 아침밥 먹고 가라는 거야. 밥도 밥이지만 얼른 자고 싶어 그냥 집에 가서 먹겠다고 말하고 퇴근 준비를 했지.

"공장장님! 저 퇴근할게요."

"그래, 저녁 일곱 시에 오너라. 저녁 먹고 와. 애썼다."

남들은 출근하는데 퇴근하는 게 어색해. 그런데 나처럼 밤새 일하고 퇴근하는 사람들이 꽤 많더라. 어제까지만 해도 아침에 퇴근하는 사람들이 눈에 안 들어왔는데 오늘은 자꾸 그 사람들에게 마음이 가. 출근하는 사람들은 얼굴에 생기가 도는데 나처럼 퇴근하는 사람들은 부스스한 얼굴에 힘이 없어 보여. 하지만 상쾌한 아침 바람을 맞으며 집으로 가는 기분도 나쁘진 않더라.

'얼른 집에 가서 밥 먹고 자야지.' 하고 발걸음을 재촉하다 철룡이 형이 생각났어. 잠깐 형 얼굴만 보고 가기로 하고 형네 집으로 길을 잡았지. 마당 구석에 시원치 않은 대추나무 몇 그루가 서 있고 색 바랜 검정 기와를 얹은 허름하고 야트막한 집이야.

집주인은 농사를 짓는데 근처에 공장이 들어서고 집이 부족하니까 외양간이나 창고로 쓰던 걸 방으로 만들어 공장 다니는 사람들한테 월세를 줬어. 예전에 형이랑 퇴근하다 집이랑 방만 알아 놓았지, 이렇게 집에 찾아가는 건 처음이야.

"철룡이 형!"

"……."

"철룡이 형!"

몇 번 불러도 대답이 없기에 병원에 갔나 싶어 돌아서려는데 창호지 바른 여닫이문이 열리더니 형이 얼굴을 내밀어.

"이 시간에 네가 웬일이냐? 출근하는 길이야?"

"밤샘하고 지금 퇴근."

"들어와라. 방이 엉망인데……."

방 안에 들어서니 형 말과 달리 깔끔해. 좁은 방에 부엌살림까지 들어와 있건만 흩어져 있는 건 하나도 안 보이고 다 제자리에 있다는 느낌이 들어. 머리맡에는 칠이 벗겨지고 색마저 바랜 낡은 밥상이 놓여 있는데 그 위에는 검정고시 책과 공책이 있어. 펼쳐진 책에는 밑줄이 촘촘히 그어져 있고 공책에도 글씨가 까맣게 꽉 차 있어.

"형 팔 다쳤다며? 어때?"

"심하진 않아. 다행히 왼팔이라 사는 데는 별 지장 없어. 배고프겠다. 라면이라도 먹고 가라."

"지금 먹으면 졸려서 못 갈 것 같아서 집에 가서 먹으려고. 아직도 붕대를 감고 있네. 얼마나 꿰맸어?"

"몰라. 수십 바늘? 팔 안 잘린 게 다행이지."

"덧나진 않았고? 흉 지면 어떻게 해? 얼마나 걸린대?"

"흉이 문제냐? 벨트가 벗겨져 이 정도지 안 그랬으면……. 으이 그, 생각만 해도 끔찍하다. 너도 조심해 인마. 다쳐 봐야 저만 억울해."

"치료도 안 해 줘?"

"치료야 해 주지. 월급도 주고 보상금도 조금 줘. 그런데 내가 이번에 다치고 나서 안 일인데 요즘 공장에서 일하다 다치거나 죽는 일이 엄청 많대. 그런데 월급도 제대로 안 주는 공장도 있다는 거야. 지가 일하다 잘못해서 그렇다고 치료비도 안 준대."

"뭐 그런 놈들이 다 있어? 개자식들이네. 형! 흉터 남는 건 어떻게 해?"

"할 수 없지. 고단해 보이네. 얼른 집에 가서 자. 일하다 졸면 사고 나. 다치면 너만 고달프다."

형과 몇 마디 나누고 밖으로 나왔어. 형은 주섬주섬 옷을 챙겨 입더니 나를 따라 나오네.

"뭐하러 나와 형. 나오지 마. 그냥 들어가."

"암말 말고 그냥 가 인마. 팔 다쳤지 다리 다쳤냐? 버스 타는 데까지 갈게. 집 안에만 있으니 답답해. 운동 삼아 가는 거니까 신경 쓸 거 없어."

형은 내 어깨를 툭 치며 말했어.

"나한테 들를 생각을 다 했냐? 자식. 고맙게."

"형! 반찬 있어? 집에도 못 내려갔잖아."

"대충 먹지 뭐. 이 모양으로 집에 가면 어머니 어쩌라고……. 곧 시험이야."

"이따가 출근할 때 김치랑 반찬 좀 가져올게."

"그래, 김치 못 먹어 본 지 여러 날이다. 관의야! 공부 시작해라. 나 이번에 다치고 나서 마음 단단히 먹었어. 죽을 각오로 공부할 거야."

"……."

"학원 선생님들 좋더라. 좋은 이야기도 많이 해 주고. 국어 선생님은 아버지처럼 병원 따라다니며 챙겨 주셨어. 일하다 다치면 치료받는 건 일하는 사람의 권리래. 무슨 법이라고 했는데……. 아, 근로기준법. 근로기준법에 정해진 당연한 권리래. 사장이 베풀어 주는 은혜가 아니라는 거야. 보상금도 받도록 해 줬어. 난 그런 게 있는지도 몰랐거든."

"그런 분이 다 있어? 학교 선생보다 낫네. 난 농사짓느라 학교 못 나가니까 와 보지도 않고 퇴학시키던데 그런 선생도 있어?"

"원래 고등학교 국어 선생님이셨대. 그런데 잘렸대."

"왜?"

"몰라. 물어봐도 웃기만 하고."

"좋은 선생님이라며 왜 잘려?"

"나쁜 짓해서 잘릴 분은 절대 아니야. 야 인마, 그건 그거고 공부하라고. 공부해야 세상 돌아가는 게 보인다니까."

"형은! 세상 돌아가는 거야 뻔하지. 먹고 자고 싸고 뭐 그런 거. 돈 벌어야 먹고."

"이 자식 완전히 꼴통이네. 사람이 어떻게 먹고만 사냐? 으이그

이 자식은 사람은 좋은데 고집이…….”

“좋은 학교 나와서 사람 구실 못 하는 인간들 많이 봤어. 다른 사람 힘들게 하는 놈팡이도 많고. 술 먹고 행패 부리고, 맨날 자빠져 잠이나 자고……. 난 그렇게 안 살아. 밥값 할 거라니까.”

“공부한다고 밥값 못 하는 거 아냐, 이 자식아. 저기 버스 온다. 얼른 가.”

“형! 이따가 여섯 시쯤 형한테 갈게. 기다려.”

“알았다. 가서 푹 자라. 졸면 일 난다.”

“형! 저녁 먹지 말고 기다려. 나랑 같이 먹자.”

“나야 좋지.”

뒤돌아보니 정류장에 서서 손을 흔들고 있는 철룡이 형이 보이네. 무뚝뚝하고 깐깐한 줄만 알았는데 오늘따라 말도 잘하고 자상한 게 평소와 달라 보여.

버스 안은 사람이 띄엄띄엄 앉아 있는 게 한산해. 자려고 마음먹고 머리를 의자 뒤에 기대니 키가 커서 목이 자꾸 뒤로 꺾이고, 창문에 기대려니 머리가 털털털 울려 힘들어. 졸리기는 한데 잠은 안 들고 머리는 아프고, 그러다 깜빡 잠들기를 몇 번 하다 보니 서울에 도착했어.

버스에서 내려 무거운 몸을 이끌고 영등포 시장을 지나가는데 가게는 헤아릴 수 없이 많고 그 안을 꽉 채우고 있는 물건은 더 많아. 문득 ‘저 많은 물건들도 누군가 나처럼 밤새 일해서 만든 거겠지.’ 하는 생각이 들더라. 아침부터 얼굴이 부석부석한 사람을 봐도, 가게 앞에 멍하니 앉아 있는 가게 주인을 봐도, 지게에 기대 지나가는 사람을 멍하니 바라보는 사람을 봐도 '야근했나?' 하는 생각이 들어.

철룡이 형과 헤어질 때만 해도 피곤한지 모르겠더니만 시내버스에서 내려 상도 시장 앞 횡단보도를 건너는데 몸이 어찌나 무거운지……. 한 걸음 한 걸음 옮기는 게 너무 힘들어. 봄날 아침나절 따스한 햇볕을 받으며 걸으니 나른한 건지 졸린 건지 멍해서 정신이 하나도 없어.

우리 집으로 가는 골목 어귀에 나와 있던 엄마와 눈이 마주쳤어. 땅바닥을 보며 터덜터덜 힘없이 걷고 있던 나는 반가우면서도 움찔 놀랐지. 엄마는 잰걸음으로 내게 뛰다시피 오더니 내 두 손을 꼭 잡았어. 내 얼굴을 자세히 보고 쓰다듬더니 엉덩이를 토닥이며 말했어.

"어이구, 내 새끼. 그래, 잠은 좀 잤냐?"

"엄마는! 길에서. 남들 보는데."

퉁명스럽고 거칠게 내뱉었지.

"그래, 그렇지. 다 큰 아들을. 들어가자. 밥 막 했다. 어여 가자."

말은 그렇게 하면서도 엄마는 머리도 털어 주고 옷매무새도 만져 주고 하면서 말을 이어 갔어.

"혼자 일했냐?"

"네, 공장에 아무도 없었어요."

"안 무섭디?"

"무섭기는, 내 나이가 몇인데 무서워요."

"하긴. 시골서 너 혼자 공주 장 보고 밤늦게 걸어온 게 한두 번이라고. 암, 우리 아들이야 어디 가서도 살 놈이지. 동지섣달 빨개 벗겨 계룡산 꼭대기에다 던져 놔도 살아서 올 놈이여. 암, 그렇고말고. 그런데 잠은 좀 잔 겨?"

"많이 잤어요."

"눈이 왜 그러냐? 벌겋게 핏발이 섰다. 뭐 들어갔어?"

"핏발이 섰어요? 아무것도 안 들어갔는데……."

그러고 보니 쓰라리고 아파서 눈을 뜨고 감을 때마다 신경이 쓰이는 거야. 이런저런 이야기하며 집에 들어서니 구수한 동태찌개 냄새가 나.

"엄마! 동태찌개 했어요?"

"입맛 없을 것 같아 찌개를 했다. 네가 좋아하는 돼지고기 찌개를 할까 어쩔까 하다 아직은 날도 차고 국물 많은 게 좋을 것 같아서. 어때?"

"알도 좀 있어요? 동태 알! 김치도 넣고 무도 좀 넣지."

"얼른 닦고 먹자. 고단한데 한숨 자야 저녁에 또 나갈 거 아니냐. 몇 시에 나가?"

"여섯 시에 철룡이 형네 가서 같이 저녁 먹기로 했어요. 참, 철룡이 형 가져다주게 김치 좀 줄 수 있어요? 다쳐서 집에 못 갔대요."

"다쳐? 왜? 공장서 그런 거여? 어디를 을매나 다친 겨?"

철룡이 형이 다쳤다는 말을 듣자마자 엄마는 방문을 열고 놀란 눈으로 다그치듯이 물어보는 거야. 그제서야 쓸데없는 말을 했다 싶네. 별거 아니라고 배구 하다 발목을 접질려서 걷는 게 불편하다고 대충 얼버무렸지.

조금 뒤 밥상이 들어왔는데 요즘 못 보던 흰 쌀밥이야. 금방 해서 퍼 온 거라 밥 냄새가 너무 좋네.

"엄마! 밥 너무 맛있어요. 동태찌개까지. 와! 죽인다, 죽여."

"먹을 만허냐?"

"먹을 만한 게 뭐예요. 국물이 시원한 게 피곤이 확 풀려요."

엄마는 밤샘한 아들 곁에 깍지 낀 두 손으로 무릎을 잡고 앉아 밥 먹는 걸 지켜봤어. 쉴 새 없이 이야기를 나누며 뜨끈한 동태찌개 국물에 막 한 쌀밥을 먹고 나니 온몸이 확 풀려. 땀을 뻘뻘 흘리면서 먹어 그런지 몸과 마음이 편안해지면서 졸음이 쏟아지네.

막막한 앞날

"뭔 반찬을 이렇게 많이 가져왔냐?"

"김치랑 맨날 집에서 먹는 거 가져온 건데 뭐가 많아?"

엄마가 싸 준 반찬 보따리를 펼치던 철룡이 형 얼굴이 환해.

"무생채, 된장 깻잎, 새우젓, 황석어젓, 된장, 고추장. 와! 진짜 많이도 주셨다."

"짜서 잘 상하지 않는 거라고 두고 먹으래. 새우젓이랑 황석어젓에는 고춧가루하고 파, 마늘을 조금 썰어 넣어야 덜 짜대. 그리고 무생채를 먼저 먹으래."

"어머니께 고맙다고, 잘 먹겠다고 말씀드려. 우리 엄니한테 반찬 걱정 말라고 편지 써야겠다."

형은 반찬을 정리하다 말고 밖에 나가더니 밥 냄비를 들고 들어왔어. 엄마가 싸 준 반찬을 접시 위에 놓다 접시가 모자라 밥공기랑 국그릇에까지 주섬주섬 꺼내 놓으며 저녁 밥상을 차렸지.

"형은 쌀밥 먹어?"

"자식! 너 와서 한 거야. 내가 무슨 부잣집 자식이라고 쌀만 먹고 사냐. 보리쌀에 쌀을 조금 넣지. 수제비랑 라면도 가끔 먹고……. 얼른 먹자. 늦어."

막 한 양은 냄비 밥을 주걱으로 뒤채니 냄새가 기막히네. 누룽지까지 긁어서 깔끔하게 먹어 치우고 밥상을 그대로 놔둔 채 벽에 기대앉았지.

"야! 네 덕분에 포식했다."

"형! 난 벌써 노곤하다. 밤새야 하는데 큰일이네."

"얼른 일어서. 밥상은 내가 정리할게."

"형은 언제 나와?"

"한 보름 정도 더 있어야 갈 거야. 잘됐어. 공부나 할란다."

"팔이 그 모양을 해 가지고 잘되기는."

"하는 소리다 인마. 그럼 어떻게 해? 그렇다고 맨날 뒹굴뒹굴할 수도 없고. 그리고 어제 이야기한 그 국어 선생님이 일단 검정고시 붙고 나면 다른 길을 알아봐 준다고 했어."

"다른 길이라니? 공장을 그만둔다고?"

"몰라. 일단 검정고시나 붙고 생각해 보려고. 일어나. 시간 다 됐어. 늦으면 싫어해."

더 캐물을 틈도 없이 형은 일어서며 반찬 싸 온 보자기를 챙겨 줬어.

"반찬 통은 다 먹고 줘도 되지?"

"엄마가 집에 많다고 안 줘도 된대."

"야근할 때 요령 하나 알려 줄게. 나도 아저씨들한테 배운 건데 네가 가장 졸린 시간을 미리 알아봐. 그 전에 해야 할 일을 서둘러 하는 거지. 졸릴 때 위험한 일은 하지 마. 깜빡 졸아도 괜찮은 일을 하는 거래."

대문 밖 마당까지 나와 배웅하는 형을 뒤로하고 걸음을 서둘렀어. 공장 가는 게 두려워. 일이 힘든 게 아니라 졸린 거 참는 건 생각만 해도 끔찍해.

"공장장님! 저 왔어요."

"잠 좀 잤냐?"

"밤에 잔 것 같지 않아요. 찌뿌둥하고 머리도 맑지 않고."

"낮에 자면 밤에 잔 거 같지 않아. 그래도 몸에 익으면 좀 나아질 거다."

작업복을 갈아입고 공장을 둘러봤어. 연탄불을 언제 갈아야 하는지, 밤에 내가 말려야 할 청화동 양은 얼마나 되는지, 정리하거나 청소해야 할 게 뭔지 알아야 하니까. 아침에 말리기만 하고 포장하지 못한 청화동은 공장장이 포장해서 창고에 쌓아 놨더라. 공장장은 내가 해야 할 일 몇 가지를 일러 주고 퇴근했어.

공장장이 퇴근한 뒤 다시 공장을 둘러봤어. 가장 위험한 게 석유 버너야. 만에 하나 버너에 연결된 석유 호스가 빠졌다 하면 일 나는 거지. 그 옆에서 잠이라도 자다가 그런 일이 벌어지면 난 어떻게 되겠어. 생각만으로도 소름이 돋아. 일단 열두 시쯤 되면 버너 불을 약하게 조절하기로 하고, 그 전에는 버너 불을 세게 해서 청화동을 많이 말리자고 마음먹었어. 잘 때는 석유탱크를 잠가 석유가 아예 건조실 안으로 들어오지 못하게 하고.

석유 버너를 손가락으로 가리키며 외치기 시작했어.

"열두 시에 버너 불을 줄인다. 잠잘 때는 버너를 끄고 석유탱크 밸브를 잠근다! 자, 지금부터 졸릴 때까지 부지런히 움직이자. 시작!"

졸음이 몰려오면 어떻게 해 볼 수 없다는 생각에 정신을 바짝 차리고 움직였지. 버너 불도 그을음이 나오지 않는 선에서 가장 세게 틀고 청화동을 고무래로 자주 뒤채면서 가능한 빨리 마르도록 했어. 그래서 그런지 새벽 세 시 무렵 청화동을 다 말렸어. 석유 밸브를 잠그고 합판을 바닥에 깔고 잠을 잤지.

이렇게 하루하루 야근을 하다 보니 일하는 요령이 생기더라. 아침에 퇴근하고 저녁에 출근하는 생활도 몸에 배자 견딜 만해. 몸 상태에 맞춰 잠자는 시간도 적당히 조절하면서 고등학교 일 학년 봄은 낮과 밤이 바뀐 채 보냈어. 저녁에 출근하고 아침에 퇴근하는 남자로.

사월 초순 어느 날이야. 저녁에 출근했더니 공장장이 이런 말을 하더라.

"선적 날이 며칠 안 남았는데 생산량이 부족해서 큰일이야. 정해진 날에 출항 못 하면 손해배상을 해야 한다고 하네.”

“그래요? 그럼 어떻게 해요?”

“내일은 낮까지 일하고 저녁에 퇴근하면 안 되겠냐? 대신 내일 저녁은 내가 밤샘하마. 그렇게 하면 선적할 수 있겠어.”

“까짓 거 하지요, 뭐.”

“지금부터 내일 저녁까지 스물네 시간 일하는 거다.”

“네, 할게요.”

야근할 때마다 늘 해 왔듯이 졸리지 않을 때 일을 서둘렀어. 제 날짜에 선적해야 한다는 생각에 석유 버너 불을 가장 세게 틀어 놓고 청화동을 말리고 있는데, 새벽 두 시 무렵이야. 버너 소리가 이상해. 아궁이를 들여다보니 불이 껌뻑거리며 사그라드네. 석유가 떨어졌나 싶어 살펴봐도 석유는 가득한데 이상하게도 불이 가물가물 약해지면서 꺼지려 해. 버너가 고장 났거나 아니면 석유를 대 주는 호스가 막힌 거라는 생각이 들어. 만일에 버너가 고장 난 거라면 이건 보통 일이 아니야. 밤새 청화동을 말려 포장을 해도 선적할까 말까 한데 지금 버너가 고장 나면 정해진 날까지 제품을 선적하지 못하는 일이 벌어지는 심각한 상황이지. 당장 공장장에게 연락을 해야 하나 말아야 하나 고민을 했어.

공장장에게 연락하기에 앞서 나 혼자 손을 써 보기로 하고 아궁이 앞에 쪼그리고 앉아 머리를 굴렸어. 버너가 고장 난 거라면 기술자에게 맡겨야 할 일이니까 내가 어쩔 수 없어. 그렇다면 내가 손댈 수 있는 건 석유를 버너에 공급해 주는 호스까지야. 호스가 막혔는지 알아보기로 했어. 호스에서 흘러나올 석유를 받아 낼 통과 호스를 풀어낼 드라이버를 들고 왔어.

먼저 석유 밸브를 잠근 뒤 버너에 연결된 호스가 빠지지 않도록 조여 주는 조임 밴드를 드라이버로 풀었지. 호스를 살살 돌려 버너 꼭지에서 잡아 뺀 다음 가져온 통에다 넣었어. 석유통 밸브를 여니 통 안으로 석유가 쫄쫄거리며 방울방울 떨어져.

"휴! 호스가 막힌 거구나. 이거야 쉽지."

다시 석유통 밸브를 잠그고 석유통 꼭지에 연결된 호스 밴드도 드라이버로 풀어 호스를 모두 잡아 뺐어. 호스 한쪽 끝을 입에 물고 '후' 하고 입으로 공기를 불어 넣었는데 뭔가가 단단히 막고 있는지 공기가 빠져나가질 않는 거야. 볼이 아프도록 몇 번을 해도 뚫리질 않네. 이걸 어떻게 하나 궁리를 하다 호스를 수도꼭지에 연결해 보기로 했어. 수돗물 압력에 밀려서 뻥 하고 뚫리지 않을까 생각했거든. 그런데 말이야 세상에 쉬운 일이 없어. 호스가 수도꼭지보다 작네. 시간은 없고 마음이 급해.

그때 벽에 걸려 있던 가는 철사가 눈에 들어와. 호스가 찢어지면 안 되니까 철사 끝을 살짝 구부린 뒤 호스 안으로 살살 밀어 넣었지. 철사가 어느 정도 들어가고는 더 이상 안 들어가. 바로 그 자리를 뭔가가 막고 있다는 거지. 아무리 밀어 넣어도 철사만 휘지 더 들어가지를 않네. 오기가 생기더라.

"하! 요놈 봐라. 사람 약 올리네. 너 나를 우습게 알아? 누가 이기나 해보자."

혼자 구시렁대다가 호스에 밀어 넣은 철사 길이를 재서 호스 어느 부분이 막혀 있는지 위치를 찾았지. 그러고는 그 부분을 망치로 자근자근 때려 줬어. 호스가 터지면 곤란하니까 호스를 빙빙 돌려가며 마른 북어 때리듯 골고루 살살 때려 줬어. 그다음 입으로 '후' 하고 공기를 불어 넣으니 '뻥' 하고 뚫리는 거야.

"요놈아! 감히 네가 나를 약 올려. 죽으려고 까불고 있네."

다시 호스를 연결하고 버너를 켰어.

"부아앙!"

화력이 더 좋아졌어. 입에 석유를 머금었다 뱉어 입맛이 텁텁하고 얼굴과 손에 석유가 묻었지만 내 힘으로 버너를 고쳤다는 생각에 기분이 좋아. 몸에 묻은 석유를 비누로 닦은 뒤 다시 청화동을 뒤채며 말렸어. 그렇게 일을 하고 있는데 그 무서운 졸음 귀신이 몰려오기 시작했어. 정신이 몽롱하고 눈꺼풀이 내려오고 몸이 처지기 시작하자 서 있는 것조차 힘들어 잠깐 공장 마당으로 나와 밤하늘 별을 올려다봤어.

잠을 쫓으려 팔 벌려 뛰기를 숨찰 때까지 하고 있는데 어디서 이상한 냄새가 나. 가만히 냄새를 맡아 보니 이건 뭔가 타는 냄새야. 순간 몸을 홱 돌려 건조실을 봤지. 출입문 위로 시커먼 그을음이 꾸역꾸역 나오는 게 아니겠어. 불이 난 거야.

안으로 뛰어 들어갔어. 세상에! 조금 전 내가 막힌 걸 뚫은 호스가 버너 꼭지에서 빠져서 석유가 흘러나오고 있어. 아니지 흘러나오는 게 아니라, 이리저리 요동을 치는 호스에서 석유가 뿜어져 나오고 있는 거야. 뿜어져 나온 석유는 건조실 바닥에 있던 먼지와 뒤엉켰고 거기에 불이 붙었어. 버너 주변에 불이 치솟고 있네. 순간 입에서 '불이야!' 하는 소리가 나오다 말았어. 소리 질러 봐야 주변엔 아무도 없어. 들판 한복판에 홀로 서 있는 이 넓은 공장에 나 혼자 있는데 소리 지른들 누가 오겠냐고.

잽싸게 석유 밸브를 잠갔어. 잘 때 덮는 군용 담요를 집어 들고 밖으로 나와 물을 받아 둔 통에 담갔다 꺼냈어. 물에 젖은 담요를 그물 던지듯 던져 가장 큰 불길이 일고 있는 곳을 덮었어. 불길이 내 다리를 휘감는데도 겁 없이 발로 담요를 눌렀어. 큰 불을 잡고 잔불을 발로 비벼 껐지. 담요 그놈 대단하더라. 담요를 덮는 순간 큰 불길이 순식간에 잡히는 거야. 담요를 끄집어내고 아궁이를 벽돌로 막은 뒤 그 자리에 털썩 주저앉아 넋 나간 모습으로 석유가 뿜어져 나오던 호스 끝을 멍하니 쳐다봤어.

그때 청화동을 뒤집은 지 한참 됐다는 생각이 들었어. 벌떡 일어나 보니 아이고 이를 어째. 청화동이 아궁이 쪽에서부터 시커멓게 타들어 가는데 검게 타는 정도가 아니라 불이 붙었어. 고무래로 안 탄 쪽을 밀어내 한쪽 구석으로 몰고, 탄 것만 삽으로 퍼냈지. 스텐판이 시커멓게 탔어. 그대로는 도저히 제품을 말릴 수가 없는 지경이야. 젖은 걸레를 가져다 몇 번을 닦아 냈지.

그러고는 다시 젖은 청화동을 펼쳐 널고 나니 정신이 좀 돌아와. 막힌 호스를 뚫고 석유 버너에 연결할 때 꽉 조였어야 하는데, 그냥 끼우기만 한 거야. 그냥 끼워져 있는 호스를 움직이다가 건드려

빠져 버린 거고. 다시 불을 붙여 보니 다행히 버너는 제대로 작동하더군.

숨을 좀 돌리려고 공장 마당으로 나오니 그새 날이 밝았어. 지난밤은 악몽이야. 뭐에 홀린 듯 멍하니 서서 불그레 솟아오르는 해를 바라봤어. 한숨도 못 잔 채 날밤을 샌 거야. 졸리지는 않은데 머리가 빠개지듯 아프네.

다른 날보다 일찍 출근한 공장장은 밤에 불날 뻔한 이야기를 듣고 걱정스런 얼굴로 나를 보며 말했어.

"그야말로 날을 샜구나. 몸은 괜찮냐?"

"네, 불길이 얼른 잡혀서……."

"졸릴 텐데 조금 눈 붙이다 오너라."

"아니에요. 그렇지 않아도 일손이 부족한데 그냥 일할래요."

공장장은 몇 번이나 잠깐이라도 자라고 했지만 난 그냥 하던 일을 계속했어. 공장장도 더는 뭐라 하지 않더라.

내일까지 선적할 양을 채우려다 보니 크롬 공장 송 반장도 우리 일을 도우러 왔어.

"관의 너는 건조실에서 청화동 말려 포장하는 일이나 해라. 틈틈이 눈 붙이고. 밖에서 하는 일은 공장장이랑 내가 할 테니까."

옆에 있던 공장장도 거들었어.

"그래. 어른도 스물네 시간 한숨도 안 자고 일하는 건 어렵다. 네가 건조실만 지켜 줘도 한몫하는 거야. 부담 갖지 말고 합판 깔고 자면서 해. 네가 잠들면 우리가 가서 보마."

이번엔 공장장이 아까와는 달리 굳은 표정으로 명령하듯 말하는 거야. 아닌 게 아니라 멍한 게 머리가 흐리고 무거워. 결국 건조실에서 청화동을 말리고 포장하는 일만 했지.

마침내 퇴근 시간 무렵 되었을 때야.

"애썼다. 오늘은 조금 일찍 들어가거라."

"건조실 버너 조금 줄이고 갈까요?"

"아니다. 말릴 게 많으니 그냥 놔두고 가."

밤새 눈 한 번 붙이지 않고 일한 것 치고는 힘들지 않더라. 라면이라도 끓여 먹고 가라는 걸 얼른 집에 갈 생각에 그냥 공장을 나왔지.

모든 게 몽롱하고 답답해. 등 뒤로 노을빛을 받으며 걷는데 발걸음이 무겁네. 나는 길을 벗어나 논두렁 위로 올라섰어. 논두렁을 걸으며 물속을 들여다보기도 하고 논둑에 푸릇푸릇 솟고 있는 싹을 살폈지. 그새 쑥은 뜯기 좋게 컸고 논 옆 밭에는 냉이와 달래도 보여. 쪼그리고 앉아 쑥을 손톱으로 끊어 가방에 담기 시작했어. 인천항 쪽에서 비치는 붉은 노을빛을 받아 논물은 거무스름한 바탕에 붉은 기운이 도는데 난 집에 가는 것도 잊고 앞이 안 보일 때까지 쑥을 뜯었지.

잠을 못 자 무겁던 몸이 쑥을 뜯다 보니 편안하게 가라앉네. 그냥 끝없이 쑥을 뜯고 싶었어. 초등학교 때 쑥 뜯으러 다니는 걸 참 좋아했지. 사내아이들은 날 보고 계집애들이랑 논다고 불알 떨어진다고 놀렸지만 난 여자애들과 나물 캐는 즐거움을 뿌리칠 수 없었어. 사내아이들은 나물을 캐러 가면 나물 캘 생각은 안 하고 여자아이들이 바구니에 담은 걸 한 움큼 집어 흩뿌리며 놀기나 했지. 하지만 난 여자애들 곁에서 두런두런 이야기하며 바구니에 쌓여 가는 나물 보는 재미에 무릎이 아파도 시간 가는 줄 몰랐어. 나물 캐던 일이 떠올라 웃음이 피식 나오면서 나랑 같이 놀던 애들은 지금 무얼 할까 궁금하네. 보나마나 다들 고등학교에 다니고 있겠지. 난 지금 공장에서 일하고 있고. 이렇게 밤샘 일을 하면서 말이야.

나보고 아이들은 말하지, 공돌이라고. 날 무시하는 말이야. 내 또래 아이들 가운데 공장에서 일하는 아이들이 꽤 있어. 거기서 번 돈으로 집안 식구들 먹여 살리는 아이들이야. 그 아이들은 가난한 집에서 태어났기 때문에 일을 해야 해. 나도 그런 아이들 가운데 한 명이고. 이제 앞이 안 보여 걷기 힘들 정도로 어두워진 길을 느릿느릿 터덜터덜 걸으며 앞으로 나는 어떤 모습으로 살아가게 될지 생각 속으로 빠져들었어. 피곤하고 마음이 가라앉아 그런지 오늘따라 내 앞날이 어둡게만 다가와.

엄마는 내 앞날을 걱정하고 있을까? 아버지는? 형은? 누나는? 내가 이렇게 힘들게 야근해서 벌어 오는 돈으로 먹고사는 거 아닌가? 그럼 나는? 나는 십 년 뒤 이십 년 뒤 어떤 모습으로 살아가고 있을까? 공장에 다닐까? 아버지처럼 공사장 다니며 일할까? 아니면 장사를 할까? 이것도 저것도 아니면 주변에 있는 내가 가장 싫어하는 사람들처럼 부모나 원망하면서 게으르게 살아갈까?

그동안 내가 겪어 온 모든 게 다 어둡게만 느껴져. 혼자 밤길을 걸으며 떠올린 내 앞날은 별빛도 달빛도 없고 가로등조차 없는 캄캄한 밤길이야. 밤새 일하고 밀려오는 고단함도 별 게 아니네. 내 앞날에 대한 절망감에 견주면 아무것도 아니야.

깊은 생각에 빠져 있는데 버스가 왔고 올라타자마자 나도 모르게 머리를 창에 기댄 채 깊은 잠에 떨어지고 말았지.

"학생! 학생! 다 왔다고. 종점이야, 종점."

꿈결인지 잠결인지 누군가 어깨를 흔드는 느낌이 들어 눈을 뜨고 보니 태어나 처음 보는 큰 얼굴이 바로 내 눈 앞에 있는 거야. 순간 두려운 생각이 들어 흠칫 몸을 뒤로 빼며 둘레를 살폈지.

"사람이 아무리 흔들어 깨워도 일어나야 말이지. 청소는 해야 하는데."

"아줌마! 여기가 어디예요?"

"당산동 버스 종점."

"영등포 시장 지났어요?"

"내려서 버스를 다시 타든지, 아니면 저쪽으로 걸어가면 나와."

"……"

바닥에 떨어진 가방을 집어 들고 비틀비틀 술에 취한 사람처럼 버스를 내려서는데 내 등에 대고 청소 아주머니가 걱정되는지 말씀하셨어.

"학생! 많이 고단한가 보네. 집이 어딘지 몰라도 조심해서 가."

봄날인데도 밤공기가 여름밤처럼 따뜻하고 축축한 기운이 돌아.

머리가 너무 아파 술 취한 사람처럼 문 닫은 가게 앞에 쪼그리고 앉아 머리를 감싸 쥐었어. 토할 것처럼 속이 쓰리면서 울렁거리고 어지럽기까지 해. 헛구역질을 하고 얼마쯤 앉아 있으니 정신이 조금 돌아와. 그제서야 방향을 잡으려는데 아무리 둘러봐도 처음 와 보는 데라 도무지 어디로 가야 할지 알 수가 있어야지. 무거운 몸을 일으켜 길가 가게에 들어가 물었어.

"저기, 영등포 시장 가려면 어디로……."

"이 길 따라 곧장 가면 나와. 멀지 않아."

멀지 않다는 말에 버스 타고 싶은 마음을 접고 걸었어. '학생!' 하고 부르던 청소 아주머니 목소리가 자꾸 귀에 맴돌아. 나보고 학생이란다. 밤샘일하고 퇴근하는 공돌이한테 학생이라니. 채소 장사 할 때나 공장 다닌 뒤에도 학생이라고 날 부르는 때가 많았는데 오늘따라 그 말이 자꾸 마음에 남네.

뭔가 먹고 싶은 것 같기도 하고 아닌 것 같기도 해. 속이 너무 비어서 그런가 싶어 뭐라도 먹고 가려 했지만 막상 가게 앞에 서니 지금 먹었다가는 탈이 날 것 같아. 그냥 가기로 마음먹고 버스 정류장으로 갔지. 신월동에서 오는 122번 버스와 창신동에서 오는 92번 버스를 기다리는데 그날따라 왜 그리 안 오는지……. 한참을 기다리다 버스가 오기는 왔지만 늦은 시간인데도 유달리 사람이 너무 많아 매달려 가야 할 판이야. '에이 모르겠다. 두 대 정도 보내면 낫겠지.' 하고 길가 좀 한가한 구석 화단 위에 걸터앉았어.

몸이 처져서 그런지 버스 타고 싶은 의욕도 안 나고 모든 게 다

귀찮아. 심지어 집에 가는 것마저도. 그냥 이렇게 멍하니 앉아서 잠들고 싶을 뿐이야. 집이라고 가 본들 잠만 자고 나올 거고 하루 하루 월급만 기다리며 산다는 게 너무 지루하고 힘들어. 내 이야기 들어주는 동무가 있나, 뭐 재미있는 일이 생기는 것도 아니고 날마 다 똑같은 일만 되풀이하고⋯⋯. 이런 생각을 하면서 멍하니 앉아 있는데 남녀 고등학생들이 갑자기 몰려들어. 근처 고등학교에서 야간 공부가 끝난 모양이야.

'오늘 재수 더럽게 없네. 이럴 줄 알았으면 아까 그냥 갈걸.'

판단을 잘못한 나 스스로한테 짜증이 마구 솟아나더니 엄마도 아버지도 다 소용없다는 생각이 들어. 내 앞날을 엄마나 아버지가 해결해 줄 것도 아니고, 내가 잘못되면 고스란히 내가 다 감당해 야 하는 거잖아. 중학교 그만둔 뒤로 나는 이 일 저 일 하면서 돈을 버는데 누나는 학교에 다녀. 돈 없이 선생들한테 시달리며 다닐 바 에는 차라리 안 가겠다고 한 건 나니까 나 스스로 책임을 져야 하 지만 부모가 옆에서 도와줘야 하는 게 아닌가 싶어. 부모고 형제고 다 소용없고 내 길을 결정하는 것도 나고 책임지는 것도 나라는 것 을 너무 모르고 있다는 생각이 들었어.

버스 정류장에 있던 남학생 몇이 어두침침한 골목에 들어가더니 담배를 꺼내 피우는 게 보여.

'에이 씨, 나도 담배나 피워 볼까? 담배 피고 술 먹는다고 누가 뭐라고 할 거야? 내가 번 돈 내가 쓰는데.'

나는 일어서서 구멍가게로 들어갔지.

"담배 한 개비만 주세요."

"어떤 담배요? 그 앞에서 골라요."

내가 담배 종류를 아나. 적당히 아무 담배나 두 개비 집어 들고 성냥도 하나 사서 주머니에 넣고 돌아 나왔어. 고등학교 아이들처럼 뒷골목으로 들어섰지. 담배를 입에 물었어. 성냥갑을 꺼내 들고 잠시 멈칫 멈췄어.

'내가 지금 뭐 하는 거지? 너 이러려고 서울 올라왔어? 술 먹고 담배 피려고 왔냐고? 정신 차려 인마!'

담배를 입에 문 채 또 길옆에 쪼그리고 앉았어. 이빨로 담배를 지근지근 씹으면서 생각에 빠졌어. 모든 게 다 어둡고 캄캄해. 온 집안 식구들은 다 나에게 관심조차 없어. 심지어 엄마마저도. 공장 다니며 번 돈 나만 아껴 쓴다는 생각이 드네. 난 돈 쓰는 게 아까워 먹고 싶은 것도 참으며 다니는데 나만 그런 것 같아. 다른 형제들은 자기들을 위해서 막 쓰는데 돈을 아끼는 게 나한테 무슨 의미가 있을까 싶어. 그래 봤자 내 앞날에 아무런 보탬도 안 되는 거지. 집안 식구들이 다 써 버려 남는 것도, 모이는 것도 없는데.

난 뭐야? 이렇게 혼자 뒷골목에 앉아 담배 피울 배짱조차 없다는 게 너무 서글퍼. 모자 삐딱하게 쓰고 히히덕거리며 담배를 피우는 저 아이들이 부러워. 난 저렇게 하지도 못해. 그냥 집안 형편에 맞춰서 살아갈 뿐인 멍청하고 답답한 놈이지. 마음껏 내가 하고 싶은 걸 해 보는 그럴 힘마저도, 부모나 형제한테 꼬장 부릴 힘조차 없는 거야.

벌떡 일어섰어. 버스 정류장을 떠나 집으로 걷기 시작했지. 스물네 시간 일하고 잠이라고는 인천에서 서울 당산동까지 오는 버스에서 잔 게 전부인 데다가 저녁도 굶은 채 걸었어. 입에 물고 있던 담배는 손아귀에 넣고 짓이겨서 길바닥에 내팽개쳤어. 아무 생각 없이 걸었지. 아니지. 생각이 없는 게 아니고 나란 놈을 이렇게라도 힘들게 괴롭히지 않고는 견디기 힘들어 스스로에게 마구 욕을 해 대며 빠른 속도로 걸었어.

대방역을 지나 노량진역에 오니 손발이 저리고 얼굴마저도 쥐가 나. 이러다가 확 쓰러져 버리면 시원하겠더라니까. 더 빨리 걸었지, 더 빨리. 채소 장사 할 때 엄마랑 손수레 끌고 넘던 본동고개를 뛰다시피 걸었어. 밤을 꼬박 새고 저녁도 굶은 몸 어디에서 그 힘이 나오는지 가파른 언덕길을 쉬지 않고 걸었어. 어쩌다 내 앞에 가는 사람이 보이면 '저 사람을 앞질러야 살아! 아니면 내가 죽는다고. 빨리! 빨리!' 하면서 발걸음을 더 재게 움직였지.

얼마쯤 그렇게 언덕을 올랐을까? 숨이 목구멍까지 차오르고 발걸음이 느려지기 시작했어. 온몸이 축 처지고 발은 천근만근 무거워져 서 있는 것마저도 힘든데 가슴에서는 무엇인지 모를 뜨거운 덩어리 하나가 솟구쳐 올랐어. 나 스스로에 대한 미움, 부모와 형제에 대한 서운함과 원망, 공돌이라고 놀리고 무시하는 세상에 대한 저주가 뒤섞인 복잡한 감정이야. 끊어질 듯 짧은 숨을 몰아쉬면서 절이 보이는 언덕마루까지 왔어.

다리가 후들거려 비틀거리면서도 계속 걸었어. 채소 장사 할 때

본동고개를 오르고 나면 꼭 쉬어 가던 버드나무와 내가 다니던 초등학교 정문도 지나쳤지. 지금 걷고 있는 이 길로 초등학교 다니던 시절이 떠올라. 지금부터 몇 년 전인가 생각해 보니 십 년도 안 됐네. 십 년이 뭐야, 겨우 육 년이 지난 건데 십 년도 넘었다는 생각이 들어. '나랑 같이 학교 다니던 아이들은 뭐 하며 살까? 나처럼 공장 다니거나 기술 배우는 아이들도 있겠지?' 하는 생각까지. 조금씩 마음이 누그러들기 시작하더니 좀 편안해지네.

'관의야! 너만 이러고 사는 거 아니잖아? 부평에 있는 공단에 아침마다 출근하는 사람들 봐라. 그 속에 네 또래 아이들이 얼마나 많아? 그냥 참고 다니자. 공장 다니다 보면 뭔 수가 안 생기겠어? 공장장처럼 사는 게 어때서? 크롬 공장 송 반장이나 채소 장사하던 아저씨 모두 대단한 분들이라고. 그만큼만 하고 살아도 성공하는 거야. 공장장님 집에 가 봤지? 늘 밝은 아주머니 얼굴과 행복해하는 아들 말이야. 전세로 살지만 집도 있고 다달이 돈 들어와 먹고사는 데 문제없고. 그러면 됐지 뭘 더 바라. 우리 집은 어때? 집에 먹고살 식량을 쌓아 놓고 사는 게 꿈이잖아. 네가 공장에 부지런히 다니면 쌀 떨어질 일은 없는데 뭔 말이 많아. 그리고 엄마 아버지가 널 믿고 아껴 주고 그러면 됐지. 부모 없이 사는 놈들도 세상에 널렸다. 엄마도 남의 집 식모살이 하면서 우리 먹여 살리려고 발버둥치고 있는 거 알면서 왜 이래. 아버지는 공사판에서 새벽부터 일하시잖아.'

문득 정신을 차려 보니 저 앞에 있는 모퉁이만 돌면 우리 동네야. 그 순간, 조금만, 조금만 더 참고 일하다 보면 길이 열릴 거라는 생각이 떠오르면서 이상하게도 몸에서 새로운 기운이 솟아나기 시작했어. 밤새 일하고 저녁도 굶은 채 영등포, 아니지 당산동에서 상도동까지 걸어온 내 몸에서 밝은 기운이 올라오는 거야. 그렇게 밉고 원망스럽던 엄마 아버지가 보고 싶어. 걸음을 멈추고 팔을 옆으로 크게 벌리며 숨을 깊게 들이마시고 내뱉기를 여러 번 했어. 손바닥으로 얼굴을 몇 번이고 문질러 굳은 얼굴 근육을 펴고 집으로 들어섰지.

"엄마! 다녀왔어요."

이 말을 하는데 목이 메는 걸 꿀꺽 삼켰어.

"엄마! 배고파요."

그날 저녁 엄마는 어디서 얼음을 구해 왔는지 내 눈에 얼음찜질을 해 줬어. 밤샘하고 와 눈이 벌겋게 된 걸 난 몰랐던 거야. 얼음찜질해야 눈이 가라앉는다며 내 옆에 쪼그리고 앉아 얼음찜질을 해 주셨지. 엄마는 이불을 잡아당겨 어깨를 여며 주고 손도 주물러 주며 두런두런 말을 했어.

"고단하지?"

"할 만해요. 쟁기질도 하고 채소 장사도 하던 놈이 이까짓 공장 일쯤이야 우습지."

"하긴. 아버지 닮아 골격도 좋고 힘이 장사지. 암, 그렇고 말고. 요즘 네가 다 컸다는 생각 자주 해. 장가를 가도 되겠다."

"엄마! 나 같은 놈한테 누가 시집을 와. 초등학교만 나와 공장 다니는 놈한테."

"……."

순간 내 손을 주무르던 엄마 몸짓이 멈칫하는 게 느껴져. 괜한 소리 했다 싶었지만 나온 말이니 어째.

"우리 아들이 어때서? 지 일 열심히 하고 착실하고. 넌 지금 장가를 가도 처자식 굶겨 죽이지 않을 것이여. 마음고생을 시킬 거여, 아니면 마누라를 무시할 거여? 어른보다 낫다, 암."

"그렇지 엄마? 난 하늘이 무너져도 처자식 가슴 아프게 하거나 굶기지는 않을 거야."

"암! 그렇고 말고. 너도 네가 하고 싶은 걸 찾아라. 찾아서 그걸 혀. 네가 공장 안 다녀도 굶어 죽지 않을 것잉께."

"공장 다니는 거 나쁘지 않아요."

"부모 형제 너무 생각하지 말고 네 갈 길 가야 쓴다. 나이 먹으면 형제도 다 지 앞가림하느라 정신없는 거여. 그게 세상 이치제. 내 말 잊지 말고 가슴에 새겨."

마음이 편안해지면서 맛있게 잠이 몰려오네. 나는 공장에서 불 날 뻔한 일, 당산동에서 걸어온 일은 쏙 빼고 그냥 이런저런 이야기를 하다 잠이 들었지. 담배 피려고 담배를 샀다가 버린 것도.

철룡이 형도 떠나고

"형! 이거."

"이게 뭔데? 어머니가 또 뭐 싸 주셨냐?"

"아니, 엿 먹으라고. 내일 검정고시 보잖아. 엿 먹고 붙어."

"이 자식 웃기는 놈이네. 내일이 시험인지 어떻게 알았냐?"

"버스 정류장 근처에 남부 교육청이 있어. 거기 게시판에 붙은 공고 보고 알았지."

"그래? 거길 왜 갔냐?"

"그냥. 야근하고 아침에 퇴근하다 형 생각나서."

형은 엿을 신문에 둘둘 말아서 망치로 툭툭 쳐 한입에 먹기 좋게 깼어.

"야 인마, 엿 먹어라."

"형이나 엿 많이 먹어."

우리 둘은 서로 욕하듯 엿 먹으라며 장난쳤어.

"형은 독해서 합격할 거야."

"머리에 잘 안 들어와. 책을 놓았다 오랜만에 봐서 그런가 모르겠어. 한다고는 했는데……. 서너 달이나 공부했을까? 그래도 모의고사 보면 합격점은 넘더라. 다니다 만 학교라도 그 도움이 큰 거 같아."

"난 형 공책이랑 책 보고 질렸다. 공책이 새까맣게 되도록 공부를 해?"

밥상 위에 놓여 있는 공책을 보며 말했어.

"오죽 안 외워지면 저 짓을 하겠냐. 국어 선생님이 나보고 공부 방법을 모른대. 이번에 시험 합격하고 나면 공장 그만둘 거다. 지난번에 말한 대로 국어 선생님이 소개해 주는 대학 입시 학원에 가려고. 거기서 심부름하면서 먹고 자며 공부할 생각이야."

형 말을 듣는 순간 외로움이 밀려왔어. 나랑 장난도 치고 이야기하며 지낼 수 있는 오직 한 사람, 철룡이 형마저도 내 곁을 떠나면 난 또 혼자야.

"형이 돈 안 벌면 어머니한테 부치던 돈은 어떻게 해? 동생들은?"

"그냥 사는 거지. 엄마는 그렇게 하래. 동생들이랑 어떻게든 먹고살아 보겠다고."

"그러면서까지 공부가 하고 싶어? 그냥 공장 다니면 안 되나?"

"그냥 공장 다녀도 돈은 벌 수 있어. 먹고사는 건 문제가 아니라는 생각이 들더라. 공부한 뒤로 사는 게 더 재미있어. 뭔지 모르겠는데 새벽에도 벌떡벌떡 일어나 책을 보게 돼. 공장에서 일만 할 때랑 달라. 너도 해 봐. 좋다니까."

"……."

"일단 공부를 할 거야. 하다 보면 뭔가 잡힐 것 같아. 내가 아는 게 전부가 아니라는 선생님 말이 자꾸 떠올라."

"참내 별 말을 다 들어 보네. 형한테는 공부가 스님 도 닦는 거유? 목탁 두드리는 거냐고?"

"그래, 맞아. 국어 선생님이 그 말 했어. 공부는 도 닦는 거라고. 난 공부해서 돈 버는 게 전부인 줄 알았는데 선생님이 그러더라. 도 닦는 거라고. 멋있는 말 아니냐? 안 보이던 게 보인대."

"돈 벌려고 공부하는 거라면 혹시 해 볼까 했더니, 그것도 아니네. 도 닦으려면 절에 가서 불공 드려야지. 검정고시는 왜 봐?"

"이 자식 이거 말이 통해야 말을 하지. 아이고, 말발이 딸리니 이거 참. 꼴통도 이런 꼴통이 없네. 선생님이 그랬다니까, 정한수 떠 놓고 날마다 기도하는 마음으로 공부하라고. 왜 어머니들 집에서 기도하잖아? 그런 정성스런 마음으로 공부를 하래."

"그렇게 공부해서 얻는 게 뭔데? 밥이 나와 떡이 나와? 아니면 집이 나와? 우리 아랫집에 사는 형이 어떻게 사는지 알아? 무슨 대학인지는 몰라. 그런데 대학까지 나와서는 날마다 집에서 담배 피고 뒹굴 거리는 게 일이야. 홀어머니가 벌어다 주는 돈으로 먹고 자빠져 논다니까. 그런 사람 많아. 그렇게 밥값도 못 하려고 공부하는 거라면 난 안 해. 절대로 안 해. 돈 없으면 얼마나 서러운지 형도 알잖아."

그 말을 하는데 느닷없이 목이 메고 눈물이 찔끔 올라오네.

"철룡이 형! 내가 돈 때문에 얼마나 서러웠는지 말도 못 해. 그런데 형은 겨우 도 닦으려고 공부를 해? 난 안 해. 돈 벌려고 공부한다면 하지. 공부해서 돈 많이 벌 수 있다면 공부를 한다니까. 그것만 보장하면 공부할게. 까짓 거 목숨 걸고 하면 못 하겠어? 죽기 아니면 까무러치기로……."

"……. 그래. 나도 그래. 나라고 아버지 없이 살면서 서러운 일 한두 번 겪었겠냐. 우리 엄니 죽을 고생 하면서 사는 거 보면 목메지. 차마 눈 뜨고 볼 수가 없어. 친척들도 다 소용없더라. 처음에는 좀 도와주는 척하다 다들 등 돌리더라. 선생님이 그랬어. 공부를 하다 보면 똑같이 공장을 다녀도 보이는 게 다르다고. 배우면서 공장 다니는 거랑 그냥 시키는 일만 하며 사는 거 하고는 하늘과 땅 차이래. 그 이야기 수도 없이 들었어. 그런 거 같아. 뭐라고 너한테 말하기는 힘든데 그 말이 맞다는 생각이 들어. 공부할 거다. 공부에는 뭔가가 있어. 안 하고는 모르고 해 봐야 안대. 그래서 할 거야. 관의 네 말대로 목숨 걸고 할 거야. 그러면 안 되겠냐."

"나도 잘 모르겠어. 요즘은 가끔 공부를 할까 하는 마음이 생기기도 해."

"너 교육청 간 거 다시 공부해 보려고 간 거 아니야?"

"꼭 그런 건 아닌데 거기 가서 물어보면 다시 학교 다닐 수 있나 싶어서……."

"거봐라. 다시 공부해."

"몰라. 나 공장 갈래. 지금 가도 늦겠어."

"그래, 얼른 가. 옛 고맙다!"

"형! 시험 잘 보고 공장 그만두고 학원 가더라도 나 꼭 보고 가."

"그래 인마. 내가 그냥 갈 것 같냐? 이제 팔도 다 나았다."

신발을 신고 나서는데 형이 뒤에 서서 소리 질렀어.

"관의야! 시험 잘 볼게. 고맙다!"

난 뒤돌아서서 손 한 번 흔들고 공장으로 걸었지. 마음이 약해지는 게 싫어서 자꾸 뒤돌아보고 싶은 걸 참았어.

"사장님! 건배하시지요?"

"아, 그래요. 자, 잔들 들어요."

인천 세관 근처에 있는 삼겹살집이야.

"다들 고생했어요. 지금 우리가 만든 청화동이 배에 실려 홍콩으로 가고 있어요. 처음 수출 계약 따낼 때가 생각납니다. 너무 힘들고 조마조마했어요. 한 번도 우리 물건 안 써 봤다고 품질을 믿을 수 없다나. 그런데 말이야, 이번에 인천항에서 선적할 때 홍콩 사람이 왔어요. 와서 선적하기 전에 미리 완제품 몇 개 따서 시험해 보더니 아주 만족해하더라고. 품질이 최고로 좋다는 거야."

이때 여기저기서 손뼉과 함께 환호하는 소리가 났어. 사장이 말을 이어 갔지.

"그날 그 자리에서 값을 더 쳐서 추가 주문했어요."

사장은 좀처럼 감정을 드러내지 않는 사람인데 얼굴이 벌겋게 흥분됐어.

"지금까지 도와준 모든 분들께 고맙다는 말씀드립니다. 같은 울타리 안에 있는 아연, 크롬, 석고 공장 식구들 정말 고맙습니다. 우리 힘들더라도 땀 흘려 일해 봅시다. 오늘 저녁은 제가 다 삽니다. 이 차도 가고 삼 차도 가고, 내일은 공장 쉬는 날이니 그동안 힘들었던 거 다 잊고 마음껏 즐겁게 마십시다."

"사장님 최곱니다."

"도움 필요하면 말씀만 하십시오. 당장 달려가겠습니다."

여기저기서 난리야. 분위기가 확 달아오르네.

"이제 건배합시다. 내가 '하면'이라고 하면 여러분들이 '된다'라고 하는 겁니다."

"하면!"

"된다!"

술잔 부딪치는 소리가 나더니 시끌벅적 잔치 분위기가 나.

분위기가 막 무르익을 무렵 우리 청화동 공장장이 일어섰어.

"잠깐 한 말씀드리겠습니다. 사장님께서 말씀은 하셨지만 청화동 공장장으로서 한 말씀드려야겠기에……. 그동안 선적 날은 다가오고 몸과 마음이 급했습니다. 크롬 공장 송 반장과 여러분들이 도와주지 않았다면 어려웠어요. 도와주셔서 고맙습니다."

"박 반장! 말 잘한다."

"이 자리는 아연 공장에 근무하던 철룡이 송별식도 함께 하는 겁니다. 생각 깊고 믿음직한 놈이지요. 요즘 보기 힘든 젊은이입니다. 얼마 전에 모터에 손을 다쳐 쉬고 있었는데 이번에 공부하러 간다고 공장을 그만둔답니다. 철룡아! 한마디 해라."

공장장이 이야기하는 내내 고개 숙여 방바닥을 보고 있던 철룡이 형은 공장장 말이 떨어진 뒤 얼마 동안 아무런 움직임도 없어. 형 몸에서 무겁다고 할까, 엄숙한 무언가가 느껴져. 순간 식당 안이 조용해졌어. 삼겹살이 불판에서 지글거리는 소리만 나. 조금 뒤 철룡이 형이 천천히 일어섰어.

"……."

일어선 채 고개를 숙이고 있네. 잠깐 그러고 있더니 고개를 들고 입을 열었어.

"고향 떠나 처음 온 데가 여기였어요. 아무것도 모르는 절 챙겨 주셔서 지금까지 잘 지냈습니다. 고맙습니다. 공부하려고 그만 두는데 걱정돼요. 공부한다고 당장 무슨 뾰족한 수가 생기는 것도 아니지만 그냥 해 보고 싶어서요."

"철룡아! 학비랑 어떻게 하냐? 어디서 자고?"

"학원 선생님이 종로에 있는 대학입시 학원에 일자리를 구해 줬어요. 청소하고 선생님들 심부름하면 강의 듣는 거랑 먹고 자는 건 해결돼요. 용돈도 조금 받고요."

"쉽지 않을 텐데……."

"야, 인마! 성공하고 우리 무시하면 안 된다."

“네.”

철룡이 형이 자리에 앉자 다시 떠들썩한 분위기가 이어졌어.

어른들이 술에 취해 혀가 꼬부러지기 시작할 무렵 아연 공장 식구들과 같이 앉아 있던 철룡이 형이 내 곁으로 왔어.

“관의야! 한잔할래?”

“전 술 안 해요. 형은?”

“안 해. 가끔 학원에 놀러 와라.”

“그래야지. 이번 검정고시는 잘 봤어?”

“답안지에 이름만 잘 썼으면 합격할 거야. 점수는 여유 있으니까. 너는 공부 시작할 생각 없나?”

“별로. 그런데 가끔은 할까 싶기도 하고……. 모르겠어. 당장은 공장 일이나 부지런히 해야지.”

형한테서 학원 이름과 주소를 받아 적었어.

“형 살던 집 살림은?”

“살림이라고 쓸 만한 게 뭐 있나? 내일 이사할 거야. 이사라고 할 것도 없지만. 거의 다 버리고 냄비랑 그릇, 수저, 이불 정도만 챙겨 가려고. 나중에 놀러 와라, 꼭.”

형은 물끄러미 어른들이 술 마시고 떠드는 걸 쳐다보더니 말을 이어 갔지.

“서울 와서 말 섞고 지낸 놈은 네가 처음이다. 거기 가면 어떤 사람들을 만날지 모르지만 너 많이 보고 싶을 거야.”

“형이 있어서 힘이 많이 됐는데 형 가고 나면 힘들 거 같아.”

회식하는 내내 형과 이야기를 나누었어.

기분 좋게 술 취한 어른들은 이 차 하러 가고 나랑 형은 어른들과 헤어져 버스 정류장으로 걸어갔어. 술집과 식당이 몰려 있는 골목을 벗어나 인천 세관 앞 버스 정류장에 섰어. 가로등이 켜져 있는 인천항 부두에는 간간히 컨테이너를 실은 트럭만 지나갈 뿐 인기척이라고는 없네.

"이거 받아라."

"뭔데?"

"볼펜."

철룡이 형이 내민 손바닥에는 모나미 볼펜 한 다스가 놓여 있어. 난 멈칫 서서 볼펜을 보기만 할 뿐 받지는 못했어.

"형! 난 아무것도 준비 못 했는데."

"인마! 얼른 받아."

"이제 형 얼굴 못 보겠지?"

"자식, 학원에 오라니까. 놀러 와. 자고 가도 돼."

"고마워. 철룡이 형!"

나는 형이 내민 볼펜 한 다스를 받아 들고 만지작거리며 고개를 숙였어.

"우리 한번 안아 보자."

형과 나는 서로 꼭 안았어. 그때 형네 집으로 가는 버스가 왔고 형은 날보고 소리를 지르며 버스로 달려갔어.

"갈게. 야 인마! 내 말 듣고 공부해. 난 간다."

"철룡이 형! 잘 가!"

형은 버스에 올라타더니 자리에 앉았어. 한 번 뒤돌아보려니 했는데 버스가 내 눈에서 사라질 때까지 형은 앞만 보더라. 난 형 뒤통수에 대고 그냥 손만 흔들었고, 오가는 차마저 드문 텅 빈 부둣가 버스 정류장에는 나 혼자 남았어.

이렇게 중학교에서 석 달 만에 잘린 뒤 처음으로 마음 주고 사귀었던 철룡이 형과 헤어졌지.

공장에 온 새 식구

"뭔 놈의 비가 이렇게 오냐? 벌써 며칠째야?"

비 가린다고 우비를 걸치긴 했지만 온몸이 축축해. 우아하게 우산 쓰고 일할 수도 없고 장마라 옷에는 물기 마를 날이 없어. 눅눅한 날엔 작업복으로 스며들었던 철분과 화학약품이 밖으로 나와 물방울이 맺히기 때문에 아무리 빨아 입어도 작업복에서 늘 녹물이 묻어나. 팔과 다리는 녹물 때문에 축축하고 쓰리기까지 하네.

독한 화학약품을 다루니 무릎 아래까지 오는 장화와 팔꿈치까지 오는 고무장갑을 늘 걸쳐야 하고 마스크도 써야 하니 보통 일이 아니지. 여름, 그것도 요즘 같은 장마철에는 그냥 서 있는 것만으로도 일이야, 일.

"이런 날에는 라면이나 끓여 먹자."

"익은 김치 넣고 끓일게요, 스프는 적게 넣고. 어때요?"

"그래, 그렇게 해라. 찬밥 말아 먹게 조금 덜 해."

굿은 날에는 뜨끈뜨끈한 국물이 최고지. 라면 물을 연탄 화덕에 올린 뒤 건조실에 들어가 제품을 포장하고 있는데 공장장과 이야기하는 사장 목소리가 들려.

"관의야, 이리 나와라."

공장장이 부르는 소리에 나가 보니 사장님과 처음 보는 아저씨 세 사람이 서 있는 거야.

"오늘부터 함께 일할 분들이다. 인사드려라."

수출 주문이 꾸준히 들어와 얼마 전부터 새 직원을 뽑을 거라 하더니 드디어 오늘 세 사람이 온 거야. 공장장하고 둘이 일해 온 지 반 년이 넘어 그런지 새로 직원이 들어온다는 게 썩 내키지 않더라. 마치 우리 집에 찾아온 낯선 손님이 오래 머물 거라는 이야기를 듣는 것 같아. 기껏 공장장하고 둘이 가꾸어 온 공장 살림살이를 다른 사람이 만지는 게 싫기도 하고 기분이 별로야.

갑자기 사람이 늘어 냄비 하나를 더 가져다 라면 끓일 물을 올리고 점심 채비를 했어. 점심을 다 차려 함께 합판을 깔고 둘러앉았지. 사장이 라면을 뜨면서 말했어.

"공장장이 해야 할 일을 말해 줄 겁니다. 이제 기계나 약품이 더 들어오고 공장도 넓히고 그래야지요. 장마철 끝나면 바빠질 겁니다."

"공장장님, 잘 부탁드립니다."

"관의야! 점심이나 저녁은 네가 챙기도록 해라."

"네."

"이 녀석이 학교 다녔으면 고등학교 일 학년이에요. 여기서 일한 지 벌써 반년이 넘었습니다. 눈썰미가 있고 부지런해서 공장 일 어지간한 건 혼자서 다 해요. 세 분이 공장 일 하다 관의한테 물어도 될 겁니다. 원료 만들어 녹이고 화학반응 시켜서 제품 만드는 것까지 혼자 해내니까요. 어른 몫을 합니다. 봉급도 어른들과 같은 수준으로 주고 있고요."

새로 온 아저씨 가운데 가장 나이가 많은 유 씨 아저씨가 내게 말을 걸었어.

"시골서 농사도 짓고 장사도 해 봤다며? 우리 집 막내가 고등학교 이 학년이지. 우리 아들은 아직 철부진데…… 난 서천서 농사짓다 와서 이런 일을 통 몰라. 잘 가르쳐 다오."

"아니에요. 저도 잘 몰라요. 그냥 공장장님한테 배운 대로 할 뿐인 걸요."

"키가 얼마나 되냐?"

"175센티미터쯤 될 거예요. 집에서 대충 재서 정확히는 몰라요. 학교를 안 다녀서……."

"그렇지. 학교라도 다녀야 신체검사를 하지."

설거지를 한 뒤 좀 쉬었다가 나는 건조실에서 제품 포장하는 일을 하고 다른 분들은 공장장한테 청화동 만드는 과정을 배웠어.

공장장과 내가 둘이서 해 오던 일을 새로 온 아저씨들과 나누어 맡았어. 공장장이 화학반응을 일으켜 청화동 만드는 걸 옆에서 거드는 거랑 건조실에서 청화동 말려 포장하는 일은 내 몫이야. 다른 아저씨들은 원료를 만들어 공장장이 제품을 만들어 낼 수 있도록 뒷받침하는 일을 하기로 했어. 섬세한 기술이 필요한 부분은 나랑 공장장이 하고, 아무래도 힘이 필요한 일은 세 분이 하는 거지. 물론 바쁠 때는 눈치껏 서로 도와 가며 일을 해야 하지만 우선은 저마다 책임질 일을 나누어 맡았어.

그날은 일찍 일을 마무리하고 함바집으로 갔어.

"아주머니 오랜만입니다."

"누구여? 박 반장 아니요? 얼굴 까먹었소. 어쩌 이리 뜸해. 통 안 오드만. 그래 갖고 어디 먹고살겠나. 돈 벌어 혼자 갖지 말고 나랑 나누어 먹자고."

아주머니는 젖은 손을 앞치마에 닦으며 부엌에서 나와 우리가 앉을 자리를 만들어 주고 행주질을 했어.

"이리, 이짝으로 앉으소. 요새 공장 일이 많다고?"

"네. 한동안 날밤 새며 일했어요. 우리 공장 식구가 늘었어요. 여기 이 세 분 이제 자주 뵐 겁니다."

"그려? 어서들 오소. 좋은 일이구먼. 공장이 잘돼 식구들이 많이 늘어나면 좋은 거여. 박 반장이 진국이요, 진국. 술을 안 해 나한텐 별로지만……. 그래 오늘은 뭘 좀 해 줄까?"

공장장은 안주거리와 술을 시키고 새로 온 분들과 이야기를 나누었어. 회식을 가든 간단하게 저녁을 먹으러 가든 나야 어른들 뒤에서 안주나 집어 먹고 이야기를 듣기나 했지 끼어들 수야 있나. 나이 차이가 워낙 많은지라 늘 이런 자리에 오더라도 이야기에 끼어들 마음조차 먹지 않았는데도, 이날만은 좀 소외되는 느낌이라고나 할까, 섭섭한 마음이 들더라. 이야기에 끼어들기도 그렇고 해서 아주머니가 안주 준비하고 상 차리는 걸 넋 놓고 보고 있는데 아주머니와 눈이 딱 마주쳤어.

"아주머니 안녕하세요?"

"관의 아니냐? 널 못 알아봤구나. 오래 버틴다. 일 배울 만해?"

"네, 힘들지만 재미도 있어요."

"철룡이는 공부한다고 그만뒀더만."

"어떻게 아세요?"

"철룡이 그놈이 가기 전에 나한테 들렀다."

"형이 그랬군요."

"고맙더라고. 애비 일찍 떠나보내고 홀엄니랑 형제 거두며 사는 거 그거 아무나 하는 거 아니여. 암 아니고말고. 인사만 하고 그냥 간다는 걸 어찌 그냥 보내. 밥 한 끼 해 먹여 보냈네."

아주머니는 상 차리다 말고 내게 오이를 뚝 잘라서 건네줘. 오이를 받아 먹으며 이런저런 이야기를 나누다 오줌 누러 밖으로 나왔어. 아침나절에는 제법 굵은 비가 내리더니 지금은 부슬부슬 가늘어졌어.

곧바로 들어가려다 밖에 서서 가랑비를 맞으며 축축한 밤공기를 깊이 들이마셨어. 날이 궂어 그런지 바람결에 실려 오는 산 냄새가 아주 좋아. 떠나온 시골집 뒷산이 생각나. 가랑비에 젖은 밤바람에 실려 오는 흙냄새, 나무 냄새, 풀 냄새를 맡으며 물끄러미 컴컴한

산을 바라보고 서 있는데 함바집 안에서 하는 이야기 소리가 들려.

"공장장님과 일하는 애가 고등학생이라고 들었어요. 그 아이랑 우리가 봉급이 같단 말인가요?"

"네, 같지요."

"우리는 결혼해서 아이도 있고 가정이 있는데, 그 애야 아직 법적으로 성인도 아닌데 어른과 월급이 같은 게 좀 그렇네요."

"그렇게 생각할 수도 있지만 벌써 반년 넘게 일해서 제품 만드는 공정을 다 알아요. 내 일을 거드는 정도가 아니라 혼자서도 완제품을 만든다니까요. 나이만 어리지 힘도 장삽니다. 컨테이너로 가득 들어오는 짐도 혼자 다 내려요. 스물네 시간 동안 한숨도 안 자고 일하는 녀석입니다. 어른 봉급 받을 자격 있어요."

"그래도 그게……."

잠깐 아무 소리도 안 나더니 공장장의 단호한 힘이 느껴지는 목소리가 들렸어.

"사장님이 그렇게 하기로 결정한 거니까 지내면서 봅시다. 세 분 말도 일리가 없는 건 아니지만 좀 더 지내본 뒤에 그때 가서 이야기하기로 하지요."

공장장에게 따지듯 불만을 이야기한 사람은 키가 큰 한 씨 아저씨였어. 잠깐 아무 소리도 안 들려. 조금 뒤 나이 든 서천 유 씨 아저씨의 조심스런 목소리가 들리네.

"아무래도 우리 셋 가운데 지가 나잇살을 조금 더 먹은 것 같아 말씀드릴랍니다. 공장장님 말씀이 일리가 있구먼유. 한 씨! 일하는 데 나이가 뭐 그리 큰 문젠감? 아직 일도 지대로 시작 안 했는데 지금은 할 말이 아니라는 생각이 드는구먼. 여기까지만 하고, 이렇게 만난 기념으로 공장장님이 사 주시는 술이나 기분 좋게 마시자고."

"네, 그러지요. 그리고 관의랑 함께 일하다 보면 생각이 달라질 겁니다. 일할 때 너무 몸을 안 사려 걱정이 될 정도니까요. 막내동생이려니 하고 함께 잘 지내 주세요."

"별 다른 뜻이 있어 그런 건 아닙니다. 그냥 문득 생각이 들어 말씀드린 거니 크게 마음 쓰지 마세요. 이렇게 환영해 줘서 고맙습니다."

"아니 이놈은 뭐 하기에 아직도 안 들어와. 관의야!"

나는 문밖에 있으면서도 바로 대답하지 못했어. 얼른 돌아서서 발소리 나지 않게 움직여 산 쪽 어둠 밑으로 숨어들었지. 흔들리는 마음을 가라앉히며 다시 깊게 숨을 들이마셨어. 날 믿어 주는 공장장이 고마우면서도 이게 세상살이라는 생각에 이를 악물었어. 마음을 다부지게 먹으며 혼자 중얼거렸어.

"이제 나는 어른이다!"

조금 뒤 아무것도 모르는 듯 함바집 문을 열고 들어섰어. 전구가 밝지 않은 게 고맙더라.

"어? 아저씨! 안 돼요. 아직 구리 용액 빼내면 안 돼요."

"왜? 구리가 나올 만큼 다 나왔구먼."

한 씨 아저씨가 대형 수조에 담겨 있는 구리 용액을 빼내 버리려는 걸 다급하게 막고 나섰어. 용액에 아직 구리가 녹아 있는 게 내 눈에는 보이는데 아저씨는 반응이 끝난 줄 알고 버리려는 거야. 구리가 얼마나 비싼데 그걸 버리다니 얼른 막았지. 그러고 철 조각을 집어 들어 콘크리트 벽에다 문질렀어.

"구리가 남아 있는지 아닌지는 이렇게 문질러 용액에 담갔다 꺼내면 금방 알 수 있어요."

한 씨 아저씨는 당황한 표정으로 내가 철 조각을 용액에 담그는 걸 물끄러미 바라봤어. 다른 아저씨들도 일을 하다 말고 내 쪽으로 와. 잠깐 담갔던 철 조각을 꺼내 아저씨들한테 보여 줬지.

"철 조각이 불그레하지요? 이 불그죽죽한 게 구리예요. 반나절은 더 담가 둬야 해요."

내 말을 듣던 아저씨들은 내가 한 것처럼 철 조각을 문지른 다음 용액에 담가 보더라. 한 씨 아저씨는 겸연쩍은 표정으로 혼잣말처럼 중얼거렸어.

"용액에 푸른 기운이 없어지고 맑아지면 된다기에 버리려 했지."

"저도 구리가 잔뜩 남아 있는 용액을 그냥 버렸다고 공장장님한테 몇 번 혼났어요."

문득 내가 이 공장에 처음 오던 날이 생각나 물었지.

"아저씨, 공장장님한테 응급처치 하는 거 들으셨어요?"

"아니, 아무 말 안 하던데."

"눈에 염산이 들어갈 때가 있어요. 그럴 땐 여기 선반 위에 있는

이 가루약을 수돗물에 타서 닦으세요."

"염산이 눈에 들어가도 괜찮냐?"

"아뇨, 무지하게 아파요. 그런데 가루약 섞은 물로 닦고 좀 있으면 가라앉아요."

"청화소다는?"

"그건 차라리 덜 아파요. 그런데 청화소다는 피부를 녹여서 더 위험하대요. 빨리 물로 닦으면 상관없지만……. 청화소다는 물에 잘 녹아요. 그걸 어려운 말로 뭐라 하던데. 아! 수용성, 수용성이라 물로만 닦아 주면 돼요. 대신 입으로 들어가면 그건 큰일 나요, 독극물이라."

"청화소다 눈에 들어간 적 있냐?"

"네, 여러 번 그랬어요. 염산도 그렇고."

옆에 있던 나이가 가장 많은 서천 유 씨 아저씨는 느린 충청도 말투로 내게 물었어.

"우리야 그렇다 쳐도 넌 안 무섭냐?"

"처음에는 소리 지르고 난리도 아니었어요. 당장 눈이 어떻게 될 것 같더라고요. 그런데 공장장님이 물로 닦아 주니 조금 있다 가라앉고……. 하도 여러 번 겪어 봐서 이제는 제가 혼자 닦아요. 아프긴 하지만 그렇게 무섭지는 않아요."

"그래? 일일이 공장장한테 물어보기 그런 건 너한테 물어봐야 쓰것다."

말을 하면서 나도 모르게 내 봉급이 어떻게 어른과 같을 수 있나고 따지던 한 씨 아저씨 얼굴을 힐끗 쳐다봤지. 그까짓 것 나도 안다는 듯 화난 사람처럼 굳은 표정으로 갈고리를 들고 수조 속 철을 뒤집는 건지 건드리는 건지 툭툭 치고 있네. 한 씨 아저씨 표정을 읽어 낸 순간 공장 일에 대한 설명을 멈추고 말았어.

건조실로 들어와 제품을 포장하는데 영 마음이 가라앉질 않네. 자꾸 화가 나. 나이가 아무리 많으면 뭐해. 내가 이 공장에 먼저 들어왔고 공장 일을 더 많이 아는데…… 나를 무시하는 한 씨와 김 씨 아저씨 표정을 보면 마음이 어두워져. 공장장하고 둘이 할 때는 몸만 고달프면 되는데 식구가 늘어나니 몸보다는 마음이 더 힘드네.

그리고 보니 요즘 며칠째 공장장도 뭔가 마음이 안 맞는지 얼굴이 굳어 있어. 라디오를 크게 틀어 놓고 일하다 함께 노래도 따라하고 뉴스에 대해 이야기도 하고 그랬는데 요즘은 라디오를 듣기만 하는 거야. 공장장의 굳은 표정과 새로 온 세 아저씨가 관련이 있다는 걸 깨달은 순간 내 마음은 공장장에게 더 기울었어. 아저씨들과는 더욱 어색해졌지.

공장 분위기가 답답하고 어두워질수록 나는 말없이 내게 주어진 일을 열심히 했지. 공장장이 일하는 데 어려움 없도록 눈치껏 옆에서 거들었어. 아버지가 일하는 건축 현장을 따라다니며 기술자 뒷바라지해 본 나야. 마치 입안의 혀처럼 아주 작은 것까지 신경 쓰며 공장장 뒷바라지를 했지.

그러던 어느 날이야. 그날도 건조실 일과 공장장 뒷바라지를 번갈아 하다 보니 지치더라고. 잠깐 쉬려고 공장 마당에 나와 기지개를 켜며 숨을 돌리는데 시원한 그늘 쪽에 아저씨 셋이 앉아 있는 게 보여. 분위기를 보니 그러고 있는 게 한참 된 것 같더라. 그분들 도 나를 봤는데 같이 쉬자는 말도, 알은척도 안 하는 거야. 뭐라고 해야 할까, 셋이 똘똘 뭉쳐 공장장과 내가 일하는 걸 보면서 '어디 얼마나 잘하나 보자.' 하는 분위기야. 나도 모르게 속으로 '저 양반 들 여기 왜 와 가지고 신경 쓰이게 해!' 하는 생각이 드네. 아저씨 들 쪽으로 가서 알은체하기도 그렇고, 다시 건조실로 들어가기도 그래서, 구리 용액을 갈고리로 뒤챘어. 그때 한 씨 아저씨가 내 쪽 으로 걸어오더니 화난 표정으로 말을 해.

"아까 내가 갈고리로 뒤챘다."

그 일은 한 씨 아저씨 몫이거든.

"그냥 심심해서 해 보는 거예요. 저는 시간 날 때마다 뒤집어요."

"그러냐?"

순간 나도 모르게 얼굴이 굳고 화가 나는 거야. 그렇다고 화낼 수도 없어 구리 용액 속 철을 조금 더 뒤채고 멈췄어. 한 씨 아저씨 도 더 이상 내게 말을 걸지 않았고. 그때 공장장이 날 불렀어.

"관의야! 이제 점심 준비하거라. 반찬은 집에서 가져온 게 있으 니 밥만 안쳐라."

이 불편한 자리를 피하고 싶은데 잘됐다 싶어 얼른 밥을 안치고 밥상을 차렸지. 저마다 가져온 반찬을 꺼내고 국 대신 김치에다 라 면 스프 넣고 끓인 찌개를 조금씩 덜어 막 첫술을 뜨려는데, 공장 장이 말을 꺼냈어.

"제가 밥 먹고 인천 시내에 나가요. 공장 넓히는 데 필요한 준비를 해야 해서요. 일들 하시고 정리되는 대로 퇴근하세요. 관의야! 힘들어도 네가 청화동 만들어라. 한 분이 관의 대신 건조실을 맡아 주시면 좋겠는데……."

아무도 나서지 않는 거야. 건조실 버너 돌아가는 소리와 수저 움직이는 소리만 들릴 뿐. 무거운 침묵을 서천 유 씨 아저씨가 깼어.

"그래요? 그람 지가 하지유."

"네, 고맙습니다. 빠르면 내일부터 공장 넓히는 데 쓸 건축자재가 들어올 겁니다. 세 분 마음이 어수선할 거예요. 이렇게 낡고 작은 공장에서 일해 봐야 무슨 전망이 있나 하는 생각도 들 거고요."

"뭔 말씀을 그리 하시남요. 일하는 요령을 몰라 그렇지 하루 이틀 허면서 몸에 익고 그러면 괜찮아질 거라고 봅니다. 할 일 있거들랑 어려워 말고 말씀해 주셔야 씁니다. 바쁜 것 같기는 헌디 뭘 해야 할지 통 가닥이 잡혀야 말이지요. 요즘 맴이 지 맴이 아니구먼유. 지금처럼 뭘 하라고 얘기를 허믄 우리들 마음이 편하겠네요."

아저씨는 되도록 충청도 사투리를 안 쓰려고 애쓰면서 느리게, 하지만 꼭꼭 누르듯이 옹골지게 말을 이어 갔어.

"관의가 나이는 어린디 이것저것 공장 일을 어지간히 잘 아네요. 너도 우리 어려워 말고 말할 거 있으면 말해야 쓴다. 어른이라고 어려워하면 니도 힘들고 우리도 맴이 영 무겁구먼. 동생이려니 하고 말도 놓고 편하게 헐 팅게 그리 해라."

느리고 어눌한 말투지만 그 무게감이 전해지면서 차라리 마음이 편해져.

"네, 그럴게요. 아저씨."

"그라고 여기 김 씨랑 한 씨도 내 말 새겨들으소. 농사나 공장 일이나 다 같은 거라. 하다못해 모를 내도 그냥 일꾼이 있고 상일꾼이 있는 법이여. 하루라도 농사일 더 해 본 사람이 상일꾼이라는 것이제. 그러니 여기서는 관의가 상일꾼이라고. 나이도 어린 것이 어쩌고저쩌고 허들 말라고."

굳은 얼굴로 천천히 밥을 먹고 있던 한 씨 아저씨가 끼어들었어.

"아니, 형님은 지들이 뭐라 했다고 그렇게 말을 섭하게 하슈. 처음이라 서먹서먹하고 그래서 그렇지 열심히 하고 있단 말이요. 지가 관의한테 뭐라 했다고 자꾸 그래 싸요. 나 참."

"내 말인즉슨 한 씨 당신이 꼭 뭐라 했다는 것이 아니라 그럴 수도 있다 뭐 그런 것이제. 김 씨 당신 생각도 말해 보소."

공장장이나 나는 세 사람이 하는 말에 끼어들 엄두도 못 내고 얼굴 표정만 살폈어. 무덤덤한 표정으로 귀담아 듣고 있던 김 씨 아저씨가 입을 열었어.

"공장장님이나 관의나 이런 말 하면 서운할 수도 있지만 할랍니다. 솔직히 공장이라고 와 보니 겨우 비나 가릴 정도로 허름하고 작은 게 가장 마음에 걸렸어요. 옷 하나 갈아입을 곳도 제대로 없지, 게다가 약품은 독하고……. 그래서 마음을 못 잡았어요. 곧 공장도 넓히고 일거리는 얼마든지 있다고 하니 마음잡고 열심히 해 볼랍니다. 공장장님, 죄송하구먼요."

느리게 움직이던 숟가락마저도 멈춰 잠시 침묵이 흘렀어.

"공장장님! 일 벌인 놈이 마무리져야 하니께 지가 끝으로 한 말씀만 올리겠슈. 며칠 속이 상했을 겁니다요. 이 사람들허고 일을 같이 할 수 있을까 허는 마음도 들었을 거고. 한 씨나 김 씨가 지금 허는 말 들으셨응께 어느 정도 우리 맴도 알아줬으면 좋겠네유. 어려워 말고 일거리 주고 야단도 치고, 공장장님이 우리 가운데 상일꾼 중의 상일꾼 아닌감유? 그라고 관의야!"

"네, 아저씨."

"너도 여기 한 씨랑 김 씨는 형님이라 부르고 나는 아저씨라 불러라. 그라고 할 말이 있으면 꿀꺽꿀꺽 삼키지 말고 시원케 혀. 니가 우리보담야 나이는 어리지만 상일꾼 아니냐. 세상은 말이여 뭣이든지 먼저 해 본 놈이 형님인 거여. 어려워하면 힘들어 못 사니께."

"나이도 어린 놈이 말하면 잘난 척한다고 할까 봐 말을 못 하겠더라고요."

"이놈아! 그라면 우리가 더 힘들다니께. 그냥 내키는 대로 하란 말이다. 하루 이틀도 아니고 요즘 같아서야 어디 가슴 답답해 살겠냐."

"그럴게요. 죄송해요."

옆에 있던 한 씨와 김 씨 아저씨도 한마디씩 거들었어.

"공장장님! 지들이 뭣하게 굴어서 죄송하구먼요. 열심히 하겠습니다. 잔소리도 하고 해야 할 일 있으면 말씀해 주세요."

"관의야, 미안허다. 나이가 많은 내가 너그러워야 하는데…….
사실은 어제 저녁에 우리 셋이 술 한잔했어요. 그 자리서 서천
형님한테 많이 혼났습니다. 단둘이 일을 해도 가닥이 잡혀야 하
는데 위험한 약품 다루는 공장에서 손발이 이렇게 안 맞아가지
고 어떻게 일하고 사냐고요. 죄송합니다. 공장장님!"

굳은 얼굴로 듣기만 하던 공장장이 입을 열었어.

"제가 늘 혼자서만 일하다 관의가 들어왔고 그 뒤로 세 분이 온
겁니다. 앞으로는 직원도 더 늘어날 거고 공장이 빠르게 커질 거
라고 봐요. 제가 부족한 게 많아요. 이렇게 이해해 주니 참 고맙
고 힘이 나네요. 그래요. 같이 한 식구려니 생각하고 즐겁게 일
하도록 저도 노력하겠습니다. 점심 다 식겠습니다. 드시고 쉬셔
야지요."

서천 유 씨 아저씨가 시작한 말 덕분에 막혔던 가슴이 뚫리는 느
낌이야. 여러 날 동안 무겁게 짓누르던 검은 먹구름이 걷히면서 밝
은 기운이 돌더라. 다들 얼굴이 밝아지는 그때 유 씨 아저씨가 일
어서더니 돈을 꺼내 내게 건넸어.

"관의야! 너 일 마무리하고 요 앞 버스 정류장 정육점 댕겨와야
쓰것다. 우리 오늘 돼지고기 구워서 소주나 한잔하자고. 공장장
님 일 보고 들어올 수 있지유?"

"아이고, 제가 내야 하는데……."

"뭔 말씀을 그리 한대유. 지난번에 함바집에서 저녁 사셨응게 이

번에 지들이 사야지유. 한 씨, 김 씨는 술하고 이것저것 좀 사. 불

만 있는감?”

“형님 뭔 말씀이요. 내지요, 내고말고요. 겁나게 그러지 마소.”

그날 저녁 공장장은 인천 시내에 나가 볼일을 끝내고 공장에 다

시 들어왔어. 공장 일 마무리한 뒤 삼겹살 잔치를 벌였지. 공장 마

당에다 불 피워 놓고 삼겹살을 구워 가며 밤늦도록 술 마시고 노래

도 부르고 그랬어. 나도 맨 정신에 노래 몇 곡 불렀지.

그래 나는 공돌이다, 공돌이!

출근하는 길이야. 인천 가는 시외버스에 올라타는데 운전사가 나를 아래위로 쓱 훑어보며 던지듯 말을 해.

"학생 맞어?"

눈에 힘주고 인상 팍 쓰며 되받아쳤지.

"왜요?"

"……."

무시하듯 대답도 기다리지 않고 그냥 안으로 들어가 버렸어. 한두 번 들어야 신경을 쓰지, 거의 날마다 오늘처럼 말을 하거나 아니면 의심하는 눈빛으로 기분 나쁘게 쳐다봐. 처음에는 머뭇거리며 더듬거리거나 얼굴이 벌게지기도 했지만 이젠 안 그래. 하루 이틀도 아니고, 게다가 할인 받는 맛이 있어 이런 눈총쯤은 기꺼이 견디며 살아남는 배짱이 생겼지.

장마라 해 보기가 힘들더니 오늘 아침은 서늘하고 하늘도 마치

가을 하늘처럼 맑네. 기분이 가벼워. 버스가 문래동 오류동을 지나 부천 과수원과 들판을 가로지르며 달리기 시작했어. 버스 창문을 살짝 열었지. 창문으로 바람결에 실려 오는 거름 냄새와 논 냄새가 마음을 편안하게 하네. 나도 모르게 숨을 깊게 들이마셨어. 석 달 다니다 만 중학교지만 버스 타고 통학할 때 버스 창문 밖으로 스쳐 지나가던 논, 시냇물, 산이 떠올라. 지금이 공장으로 출근하는 게 아니라 버스 타고 학교 가는 거면 좋겠어.

하지만 이 평온함은 곧 깨졌어. 부평역 앞에서 버스 문이 열리자 여고생들이 우르르 올라타는 거야. 별생각 없이 올라오는 여학생들을 눈여겨봤지. 올라타자마자 떠들어 대기 시작하는데 버스 안에 활기가 넘치기 시작했어. 여학생들을 하루 이틀 본 것도 아닌데 오늘은 한 여학생에게 눈길이 가네. 얼굴이 낯익어. 나도 모르게 힐끔힐끔 쳐다봤지.

갸름한 얼굴에 아주 밝은 표정은 아니고 그렇다고 어둡지는 않아. 옆에 있는 다른 아이들처럼 큰 목소리로 떠들지도 않고 차분하게 듣기만 해. 다른 여학생들도 있건만 유별나게 자꾸 그 여학생한테 눈길이 가네. 옆에서 조잘대는 아이들은 말을 마구 해 대는 게 왈가닥이라는 느낌이 나는데, 그 여학생은 조신하고 조금은 슬퍼 보이는 듯 지그시 사람 눈을 바라보는 느낌이 좋아 나도 모르게 계속 힐끗 훔쳐봤지.

넋 놓고 그 여학생을 바라보는데 순간 깜짝 놀랐어. 부드러운 눈길로 창밖을 보며 다른 아이들 수다를 듣기만 하던 그 여학생이 갑자기 고개를 돌리는 거야. 나도 모르게 눈길이 마주쳤어. 느닷없이 벌어진 일이라 나는 눈길을 피해야 한다는 생각도 못 하고 그야말로 멍하니 있는데, 그 여학생은 눈빛에 조그마한 흔들림도 없는 거야. 마치 나랑 눈이 마주치지 않은 것처럼 천천히 고개를 돌리고 창밖을 바라보던 조금 전 모습으로 돌아갔어. 나랑 눈이 마주친 것은 그야말로 우연인 것처럼.

　나는 그제서야 그 여학생에게 머물러 있던 내 눈길을 거두어 창밖으로 돌렸어. '내가 보고 있다는 걸 눈치챈 걸 걸까?' 하는 생각이 들자 좀 미안하더라. 슬쩍 훔쳐본 거잖아. 버스 안에 여학생들 수다 떠는 소리가 하나도 안 들어와. 오직 그 여학생한테만 마음이 쓰이네. 창밖을 내다보다 다시 또 그 여학생을 힐끗힐끗 쳐다봤지. 바로 그 순간, 그 여학생이 눈길은 창밖에 둔 채 옆에 있는 애한테 뭐라고 하는가 싶더니 여학생들이 일제히 나를 바라보는 거야.

　"저기 저쪽에 앉아 있는 남자애?"

　"그래, 아까 우리 쪽 보다가 모른 척 창밖 보는 저 애 말이야."

　"학생 같지 않은데?"

　"학생 아니면?"

　"야, 이 시간에 사복 입고 다니는 학생 봤냐? 공돌이야, 공돌이."

　"시골서 올라온 티가 나는데. 무작정 상경한 시골 촌뜨기."

　순간 나는 화들짝 놀랐어. 그냥 우연히 눈길이 마주친 게 아니고 내가 자기를 쳐다본다는 걸 알고 있었던 거지. 더 이상 그쪽을 바라볼 용기가 나지 않았어. 그냥 창밖만 내다보고 있을 수밖에. 눈을 깜빡거리는 것마저도 불편해지기 시작했어.

"야! 저 애 봐. 저 남자애 얼굴이 벌게졌어. 저것 좀 봐. 완전 새빨 개!"

그냥 내 이야기를 하는 정도가 아니라 아예 날 놀려 먹네. 자기들끼리 나를 곁눈질로 보며 키득거리고 비아냥거리는데 그 순간 몸 둘 바를 모르겠더라.

버스가 계산동을 지나 효성동 정류장에 다다르자 여학생들이 우르르 내렸어. 버스 안이 조용해지는 건 좋은데 버스에서 내린 다음 노골적으로 나를 쳐다보며 웃고, 어떤 여학생은 내게 손까지 흔들어. 버스 안 모든 사람들이 나를 바라보는 것 같아 식은땀이 났어.

처음에는 남의 눈을 의식했는데 나중에는 '저것들이 나를 놀려!' 하면서 화가 치밀더라. 그러는 사이 버스는 여학생들이 내린 효성동을 지나 군부대가 있고 인적이 드문 언덕을 넘어 가정동으로 들어섰어. 이제 세 정거장만 가면 내려야 해. 여학생들한테 놀림당한 게 기분 나쁘고 자존심 상하면서도 혼자 창밖을 보던 부드러운 눈길의 그 여학생 표정은 자꾸 떠오르네.

며칠 뒤 버스를 타고 출근하는데 지난번 그 여학생이 바로 그 자리, 그러니까 부평역 앞 정류장에서 버스에 올라타는 거야. 그런데 이번에는 혼자야. 극성맞고 왈가닥 같은 아이들은 어디 가고 혼자 버스에 올라오는 그 아이를 본 순간 가슴이 두근거리기 시작했어. 나랑 이야기해 본 적도 없고 딱 한 번 본 적밖에 없건만 마치 오랫동안 알고 지낸 사이라도 되는 것처럼 가까운 느낌이 들고 다가가 말이라도 걸어야겠다는 생각이 들어. 그냥 이대로 보내면 두고두고 후회할 것 같아. 그 아이는 나를 알 텐데도 그런 기미 하나 보이지 않고 효성동 버스 정류장에서 내려 버렸어.

그 뒤로 공장에서 일하다가도 문득문득 그 여학생 얼굴이 떠올랐어. 버스 타고 출퇴근하다 교복 입은 여학생을 만나기라도 하면 그 아이 생각이 나고 비슷한 교복만 봐도 가슴이 설레. 병에 걸린 거야. 짝사랑이라고 하는 큰 병. 한마디 말을 붙이는 건 그만두고 눈길조차 제대로 주지 못하는 짝사랑이야. 유월 하순 장마 무렵 이 여학생에게 마음을 빼앗긴 뒤 그해 여름이 끝나고 가을로 들어설 때까지, 그야말로 낮이나 밤이나 혼자 이 병에서 헤어나지 못한 채 끙끙 속으로 앓기만 했지.

그 여학생과는 아무런 상관없이 혼자 불타오르던 이 뜨거운 감정은 뜻하지 않은 데서 정리되고 말았어. 공장 쉬는 날이면 어디 갈 데가 있나? 잠자는 것도 한두 번이지 집 안에 있으면 몸과 마음이 가라앉고 마음이 어두워지는 게 너무 싫어 무조건 밖으로 나왔어. 그래서 찾아가는 곳이 몇 군데 있는데 돈이 없을 때는 관악산에 가서 등산을 하거나 계곡에서 혼자 이리저리 돌아다니다 집에 와 밥을 먹곤 했지.

가장 많이 가는 곳이 집 바로 뒤에 있는 중앙대학교였어. 오후에 가면 여기저기서 대학생들이 농구를 하거나 축구를 해. 형들이 운동할 때 옆에서 기웃거리다가 끼워 달라고 말을 하거나 하고 싶은 눈치를 보이면 끼워 주고는 했지. 그러다 음료수나 빵을 얻어먹기도 하고……. 더 좋은 건 공연을 보는 거야. 대학교 극장이나 시청 각실에서 음악회, 연극을 많이 봤어. 학생들 공연이라 돈도 안 받아. 자리는 널널하게 비어 있으니 그냥 가서 보기만 하면 돼. 가끔 재수 좋으면 먹을 것도 주더라. 지나간 영화도 보고 미술 작품이나 사진 전시회가 열리면 무조건 들어갔지. 본다고 뭐가 뭔지 내가 아나. 그냥 갈 데가 없으니까 가는 거지.

그러던 어느 날, 그날따라 마침 돈이 있어서 가끔 가는 상도동 장승백이에 있는 극장에 갔어. 벽에 붙어 있는 영화 포스터를 보니 예쁜 여고생이 나오는 영화를 상영하는 거야. 버스에서 만난 그 여학생이 자꾸 눈에 떠올라 잠을 제대로 못 잘 정도로 가슴앓이를 하고 있던 나는 망설이지 않고 표를 끊고 극장에 들어갔지.

남녀 고등학생이 주인공인 코미디 영화야. 남학생과 여학생이 서로 좋아하는 이야기가 주된 내용이지. 처음에는 배꼽 잡고 웃다가 여학생으로 나오는 배우를 보며 그 모습에 넋을 빼앗기기도 했어. 그런데 어느 순간부터 웃겨도 웃음이 나오지 않는 거야. 웃기는 게 아니라 웃어야 할 부분에서 가슴이 싸해지고 서러운 마음이 들어서 영화를 편하게 마음껏 즐기지 못했어.

나는 영화 속 인물들하고 다른 사람이라는 걸 깨달았기 때문이야. 영화에 나오는 아이들은 모두 학생이고 나는 공돌이야. 나는 그 아이들처럼 가방을 옆구리에 끼고 학교에 가거나 선생님한테 혼날 수 없고 지나가는 여학생들한테 장난을 걸 수도 없는 공돌이지. 영화 속 아이들처럼 빵집에 들어가서 빵과 우유를 시켜 먹을 수는 있지만 내 옆에는 아무도 없는 공돌이. 책가방 대신 갈아입을 작업복을 챙기고 아이들이 등교할 때 나는 공장으로 출근해. 아이들이 용돈 받아 책을 사거나 문제집을 살 때 나는 수당을 더 받으려고 야근을 하고 달력을 보며 월급날을 기다려. 내 곁에는 영화 속 아이들처럼 함께 장난치며 웃고 다툴 아이들이 없어.

영화가 끝나자 다른 아이들은 동무들과 우르르 몰려 나가면서 재미있다고 정말 웃겨서 혼났다고 떠드는데, 나는 다들 나가고 난 뒤 천천히 혼자 걸어 나왔어. 구부정한 자세로 손을 주머니에 찔러 넣고 땅바닥을 보며 집으로 가는 내내 귀에는 버스에서 나를 향해 웃으며 비아냥거리듯 떠들던 여학생들의 목소리가 또렷하게 울렸어.

"야, 이 시간에 사복 입고 다니는 학생 봤냐? 공돌이야, 공돌이."

"자, 한 달 동안 수고했어요. 특별 보너스도 넣었어요."

월급봉투를 나누어 주며 사장이 말을 했어.

"두 번째 수출 마무리하느라 고생한 여러분들께 보답하는 의미입니다. 내일 야유회 가는 건 다들 아시지요? 그리고 야유회 다녀온 뒤 이틀 더 쉽니다. 그러니까 금, 토, 일 이렇게 사흘 연휴가 되는 거지요."

사장이 하는 이야기를 듣고 있던 나는 입이 쩍 벌어졌어. 보너스 받은 것만 해도 좋은데 거기에다 야유회에 사흘 연휴까지. 나는 말할 것도 없고 아저씨들도 소리를 지르며 손뼉을 쳤어. 공장장이 말을 이어 갔어.

"사실 우리 공장 생산 능력에 비해 선적 날짜가 너무 빨랐어요. 제대로 선적 날을 지킬 수 있을까 걱정했는데 오히려 날짜보다 빨리 마무리해서 세관을 통과했어요. 여러분들이 스물네 시간씩 잠도 못 자면서 교대로 일한 덕분입니다."

퇴근 준비를 하고 있는데 사장이 들어왔어.

"관의야! 가다가 우리 집에 들러라."

"네? 전할 게 있나요?"

"아니다. 집사람이 너 고생했다고 먹을 걸 준비했나 보더라. 꼭 들러야 한다."

사장 아들이 나랑 동갑이라 그런지 가끔 들르면 그냥 간다고 해도 하다 못해 음료수 한 잔이라도 꼭 챙겨 주시곤 했거든.

다른 달보다 두툼한 월급봉투를 주머니에 넣고 퇴근하면서 사장님 집에 들렀지.

"한 달 동안 애썼다. 여기 소파에 앉거라. 저녁은?"

"집에서 먹으려고요. 엄마가 월급날마다 뭘 해 놓고 기다리셔서……"

아주머니는 주스 한 잔을 따라 주고 뭔가 들어 있는 편지 봉투를 내미는 거야.

"이거 받아라. 특별히 주는 보너스야."

"네? 사장님한테 받았는데요."

"알지. 네가 어른들보다 야근을 더 많이 했다고 공장장님이 이야기하더라. 사장님이랑 공장장님이 너한테 특별 보너스를 더 줘야 한다는 거야. 아, 얼른 받지 않고 뭐 해.”

“네……. 고맙습니다.”

“다른 직원들한테는 모른 척해. 그렇지 않아도 너랑 월급 같다고 뭐라고들 한다고 들었어.”

“…….”

말없이 주스 잔을 만지작거렸어.

“집에 가야지. 어머니가 기다리시겠다. 그리고 이거, 선물로 들어온 건데 우리 집 식구들이 먹기에는 너무 많아서…….”

아주머니는 과일, 주스, 냉동고기 그리고 밑반찬 몇 가지를 챙겨 주셨어. 보너스와 먹을 걸 받아 들고 집으로 걸어가는데 봉투 속에 얼마나 들었는지 궁금해. 아무도 없는 골목에 서서 살짝 봉투를 열어 보니 공장에서 받은 월급이랑 별 차이가 없어. 입이 쫙 벌어졌지.

그런데 문득 기분이 별로 안 좋은 거야. ‘왜 뼈 빠지게 일해 놓고 남모르게 돈을 받아야 하지?’ 하는 생각이 들면서 아저씨들이 공장에 새로 들어온 뒤에 있었던 일이 생각났어. 함바집에 가서 저녁 먹을 때 아저씨들이 나이 어린 내가 어른들과 월급이 같은 걸 문제 삼았던 일 말이야. 그 뒤에 가장 나이 많은 서천 유 씨 아저씨 덕에 잘 풀렸지만 가슴 한쪽이 서운한 건 어쩔 수 없었어. 그런데 오늘 나만 불러 보너스를 따로 받게 되니, 챙겨 주는 사장님 마음이야 고맙지만 결국 나는 어른들하고는 다른 사람이라는 거잖아.

난 어른도 아니고 그렇다고 아이도 아니고 어정쩡한 거지. 버스를 타거나 극장을 가면 학생도 아니고 어른도 아닌 이상한 사람이야. 학교에 다니는 내 또래 아이들은 나를 공돌이라 업신여기며 놀림거리로 삼아. 사장 아주머니가 일부러 식구들과 먹으라고 챙겨주신 과일과 주스마저도 나를 불편하게 하네. '왜 나는 날마다 다른 사람들 도움만 받고 살아야 하지.' 하는 생각이 들면서 자존심이 팍 상했어. 그동안 친척 집에 가든 이웃집에 가든 먹을 걸 챙겨주면 넙죽넙죽 잘 받아 먹고 한 보따리 싸 가지고 오면서 의기양양해 하던 난데 이날만큼은 그런 나 자신에게 너무나도 화가 났어.

좋지 않은 마음을 가라앉히느라 집 앞에서 머뭇거리고 있는데 옆집에 사는 나랑 동갑인 여자아이가 나를 힐끗 쳐다보는 거야. 초등학교 다닐 때 소꿉놀이하면서 친하게 지내던 아이야. 나랑 눈이 마주치기에 살짝 웃으며 알은척했지. 그 순간 그 애 표정이 싹 바뀌었어. '뭐야? 재수 없게!' 하는 표정으로 마치 못 볼 걸 보기라도 한 것처럼 고개를 획 돌리고 자기 집 대문 안으로 사라지더라.

화산이 폭발하듯 화가 치밀고 올라와. 다른 사람 아닌 나 스스로에게 화가 났어. 이 세상 모든 것이 내게 등 돌리고 있어. 어둠이 짙게 내려온 골목을 바라보고 서 있는 내 가슴에는 불길이 솟아오르고 있어. 내게 등을 보이고 있는 모든 인간들을 향해 주먹이라도 날리고 싶어. 이 상태로 집에 들어갔다간 무슨 일이 날 것만 같아.

집에 들어가는 대신 어려서 놀던 집 뒷동산으로 올라갔지. 찔레와 어린 아카시나무 가지 사이를 헤집고 산마루턱에 올라서니 판잣집 산동네가 눈에 들어와. 다닥다닥 붙어 있는 판잣집 사이 가파른 계단을 오르는 사람들이 보여.

'저 사람들도 일 마치고 이제 집에 가나 보네. 나처럼 공장에 다니나? 아니면 아버지처럼 막노동하고 돌아가는 길일까?'

우리 집은 산꼭대기가 아니라 평지에 있지만 판잣집이긴 마찬가지야. 밖에 가랑비가 오면 방 안에는 굵은 비가 내리고 장대비가 쏟아지면 군데군데 폭포가 생기는 집. 비 오면 물 샐까 바람 불면 지붕 날아갈까 두려움에 떨어야 하는 곳.

뒤돌아섰어. 몸뚱이 하나 돌렸을 뿐인데 눈앞에 펼쳐진 야경이 완전히 딴판이야. 눈에 들어오는 모든 집들은 정원 딸린 마당과 대문이 있는 으리으리한 양옥집이네. 비 오고 바람 불어도 비 새거나 지붕 날아갈까 걱정 안 해도 되는 집. 식구들마다 자기 방이 있고 학교에 가져갈 돈 걱정을 할 필요가 없는 그런 집이지. 우리 아버지가 집수리 해 주고 어머니가 파출부로 일하는 곳.

나는 판잣집 아들 공돌이야. 학교 다니다 돈이 없어 학교 울타리 밖으로 쫓겨난 공돌이. 아이들이 교복 입고 돌아다니는 것만 봐도 주눅 들어 고개 숙이고 다니는 아이. 어두운 골목 귀퉁이에서 모자 삐딱하게 쓰고 담배 피우는 것마저도 눈물겹도록 부러워하는 못난 놈. 제대로 대접받는 공장 직원도 아니고 그렇다고 학생도 아닌…… 지금 이 순간 난 뭘 해야 하는 걸까? 나는 나 스스로를 위해 뭘 할 수 있지? 나는 내 앞날을 위해 어떻게 해야 할까? 정말로 내가 하고 싶은 건 뭐지?

집 뒷산에 서서 판잣집 동네와 양옥집 동네를 번갈아 쳐다보며 생각에 빠져 있던 나는 문득 주머니 속 월급봉투가 느껴졌어.

"아이고!"

월급날마다 돈 가지고 오다가 소매치기 당하거나 강도 만날까 봐 걱정하는 엄마가 떠올라 서둘러 산을 내려왔지.

저녁밥을 먹는데 엄마가 물었어.

"혹시 공장서 속상한 일 있었냐?"

"왜요?"

"아니, 어째 얼굴이 어두워 보여서."

"아무 일 없어요. 내일은 직원들 야유회 간대요. 야유회 다녀오면 이틀 쉬고요."

"웬일이냐. 그렇게 오래 공장 안 돌려도 괜찮은 거야?"

"이번에 수출 선적 마무리 잘해 줬다고 쉬는 거래요."

엄마는 연탄불에 구운 갈치를 먹기 좋게 발라 주면서 말을 했어.

"그래, 쉴 만도 하지. 허구한 날 야근하고 얼마나 고생했냐."

"엄마! 오늘은 밥 먹고 일찍 잘게요."

저녁 먹고 곧바로 이불 속으로 들어갔어.

다음 날 다른 때보다 일찍 출근하는데 이슬비가 살짝 내리는 거야. 야유회 못 갈 수도 있겠다는 생각을 하며 출근해 보니 공장 마당에 낡은 버스가 한 대 들어와 있어. 다른 날보다 일찍 와 있던 공장장은 떠나기에 앞서 해야 할 일을 내게 알려 줬어. 다음 주부터 일하기 편하게 원료를 준비해 놓고 청소까지 깔끔하게 하며 얼추 공장 정리가 끝날 무렵 아저씨들이 출근했어.

"관의 네가 일찍 왔구나. 가까운 데 사는 우리가 더 늦었네. 미안해 어쩌나."

가장 나이 많은 유 씨 아저씨가 겸연쩍은 표정으로 몇 마디 건네더니 야유회 가서 먹으려고 산 물건을 싣기 시작했어. 나도 옷을 갈아입고 버스에 올랐지. 이슬비가 내리지만 우리는 김포 장릉을 향해 떠났어. 다들 들뜬 목소리야. 나는 맨 뒷자리 구석에 앉았어. 강화도 가는 길로 가다가 장릉으로 들어가는데 버스 안은 시끌벅적해. 나야 이야기할 사람이 있는 것도 아니고 해서 그냥 우두커니 창밖만 보며 갔지. 김포 평야라 그런지 끝없이 논이 펼쳐져 있고 논에 물 대는 물길도 잘 되어 있어.

넓은 잔디밭에서 체육대회를 하고 점심을 먹었어. 어른들은 술도 한잔씩 하고. 조금씩 내리던 이슬비가 그치더니 어느새 하늘이 맑게 개이네. 장릉 우거진 숲이 잔잔한 연못에 어리는 게 그림 같아. 점심 먹고 혼자 연못가에 앉아 물풀 사이로 물고기들이 이리저리 돌아다니는 걸 보고 있는데 다들 천막 그늘 아래로 모이는 게 보여. 나도 그리로 갔지. 나무 그늘을 무대 삼아 장기자랑을 시작하는데 넉살 좋고 너스레 잘 떠는 크롬 공장 송 반장이 사회를 봤어. 아저씨들은 미리 준비를 한 것마냥 다들 잘 놀아. 노래도 부르고 춤도 추고 웃기는 이야기도 풀어내는데 꼭 시골에 있을 때 동네 사람들 잔치하는 것 같더라니까.

얼추 끝나 가는 분위기에 느닷없이 사회자가 날 불러.

"야! 뭐 하냐. 얼른 나와. 우리 공장 막내를 소개합니다."

"예? 저보고 노래하라고요?"

"우리 공장에 너 말고 막내가 또 있냐? 얼른 나와라."

"막내 노래 좀 들어 보자."

"신나는 요즘 노래 뽑아 봐라."

어찌나 당황스럽고 부끄러운지. 뭘 어떻게 해야 할지 몰라 머뭇거리고 있는데 공장장이 나에게 속삭였어.

"관의야! 나가. 아무거나 해."

별수 있나. 삼십 명 가량 되는 어른들 앞에 섰어. 뭘 불러야 할지 생각이 안나.

"노래를 못 하면 장가를 못 가요, 아 미운 사람. 장가를 못 가면……."

문득 야근하면서 잠 쫓으려고 혼자서 부르던 노래가 떠올랐어.

"아는 노래가 이거밖에 없어서……. 전 요즘 노래 잘 몰라요. 옛날 노랜데……."

"좋아. 뭐든지 해 봐."

"우리 공장 막내를 위해 힘찬 손뼉!"

망설이던 나는 마침내 입을 열었어.

"옛날 노래 부른다고 흉보지 마세요."

떨려서 숨이 가빠 오는 걸 심호흡으로 달랜 뒤 눈을 찔끔 감고 노래를 부르기 시작했어.

"문패도 번지수도 없는 주막에 궂은비 나리는 이 밤도 애절쿠려 능수버들 태질하는 창살에 기대어 어느 날짜 오시겠소 울던 사람아."

사회를 보던 크롬 공장 송 반장과 나이 든 아저씨 몇 분이 무대 앞으로 나와 내 노래에 맞춰 춤을 췄지. 나는 신이 나서 끝까지 불렀어. 내 노래를 이어받아 몇 사람 더 노래 부르고 춤을 춘 뒤 야유회는 끝났어.

다시 공장에 돌아왔지. 명절 때 아니면 있을 수 없는 금, 토, 일 사흘 동안의 연휴를 앞둔 어른들은 그냥 집에 가는 게 아쉬운지 몇 명씩 모여 술 한잔 더 한다고 나서더라. 우리 사장, 공장장 그리고 아저씨 셋은 술 마시러 갔어. 나는 함께 가는 게 어색해 혼자 공장을 나섰지.

공장 식구들이 다들 어울려 가고 나 혼자 빠지니 마음이 안 좋아. 난 어디에도 낄 수 없는 거야. 이날따라 더 외롭고 서글프네. 사흘이나 쉬지만 그다지 좋지도 않아. 차라리 출근하는 게 낫지. 어디 갈 데가 있나 오라는 데가 있나, 따로 할 일이 있는 것도 아니고. 어른들은 사흘 쉰다고 들떠서 술 한잔하러 가지만 나로선 다른 날보다 더 외롭고 쓸쓸한 퇴근길이야. 혼자 터벅터벅 걷던 내 입에서 문득 야유회 가서 불렀던 노래가 흘러나왔어.

"문패도 번지수도 없는 주막에."

노래는 여기서 멈췄어. 노래 가사가 가슴을 파고들며 울컥 눈물이 나오는 거야. 내 신세야말로 문패도 없고 번지수도 없는 주막과 같아. 어디를 가도 나라는 사람은 늘 외롭고 버림받는 신세네.

지칠 때까지 들판 논두렁을 이리저리 마구 돌아다니다 버스를 타고 영등포 시장으로 갔어. 손은 주머니에 찔러 넣고 어깨를 구부정하게 웅크린 채 땅바닥을 보며 시장 골목길을 걸었어. 그동안 군침 삼키면서도 돈 걱정에 망설이다 돌아서곤 하던 돼지 곱창 볶음집으로 들어섰지. 의자에 앉자마자 조금도 망설이지 않고 큰 목소리로 주문했어.

"아줌마! 곱창 볶음 이 인분 주세요."

"술은 뭘 드릴까요?"

순간 멈칫했어. 술? 내가 어른으로 보이나?

"막걸리 주세요. 매운 고추도요. 고추장 말고 된장 주시고요."

그냥 막 떠오르는 대로 내질렀어. 아주머니는 푸성귀와 양념을 듬뿍 넣어 맛있게 볶은 곱창을 식탁 위에 올려놓고 대접에 막걸리를 철철 넘치게 따라 주더군. 어른들이 하듯 새끼손가락으로 막걸리를 휘휘 저은 뒤 두 손으로 대접을 들어 올렸지. 마치 엄숙한 의식을 치르듯 막걸리를 뚫어져라 쳐다본 뒤 입으로 가져갔어. 큼큼하고 들쩍지근한 냄새가 나네. 벌컥벌컥 단숨에 한 대접을 다 비웠어.

"아줌마! 막걸리 한 잔 더 주세요."

막걸리가 나오는 사이 곱창을 먹기 시작했어. 매운 고추를 된장에 찍어 인상 쓰며 우직우직 씹어 먹고 새로 따라 준 막걸리도 단숨에 들이켰어. 아니 먹는다기보다는 욱여넣는다는 말이 맞겠어. 외롭고 허전하고 답답한 내 가슴을 곱창으로 채우려는 듯 곱창을 씹지도 않고 마구 삼켰지. 곱창 접시를 다 비우자마자 벌떡 일어나서 계산하는데 아주머니가 나를 힐끗 쳐다보더라.

집에 바로 가고 싶지 않아 영등포 시장 버스 정류장에 있는 극장 매표소 앞에 섰어. 무슨 영화를 상영하는지 알아보지도 않고 매표소에 돈을 디밀었어.

"몇 명이지요?"

"한 명!"

잔돈을 거슬러 받고 세어 보니 학생 값을 받았네. 술집에서는 어른 대접하고 여기서는 학생으로 보고. 혼자 피식 웃었어.

영화를 봤어. 그냥 화면을 바라보기만 했지. 줄거리가 잡히지 않는 건 말할 것도 없고 재미있는지 없는지 머리에 통 들어오지를 않아. 그냥 앉아서 시간을 때우는 거야. 얼빠진 사람처럼 아무 생각 없이 그러고 있는데 몸이 뜨거워지고 어질어질하면서 극장 안이 핑핑 돌아. 술기운이 올라오고 있는 거야. 술에 취했다는 걸 깨닫는 순간 정신이 번쩍 났어. 난 지금 술을 마셨고, 기분이 나빠지면서 화가 솟구치고 있다는 생각이 들자 머리카락이 쭈뼛하고 서면서 온몸이 오싹해졌어.

어려서부터 아버지와 내 주변에 있는 사람들이 술에 취해 화내고 싸우며 어두운 기운을 사방에 뿌리는 걸 수도 없이 보고 겪었어. 내 몸에 술기운이 확 올라오는 것과 동시에 술 때문에 겪었던 괴롭고 힘든 장면이 영화필름 돌아가듯 빠르게 휙휙 지나가는 거야. 술 마신 어른들이 내 마음을 아프게 할 때마다 나는 이를 악물고 다짐하고 또 다짐했지. 나는 절대로 술 먹고 남을 힘들게 하지 않으리라고. 그런데 지금 나는 술을 마셨고, 내 가슴에서 화와 짜증과 우울함이 솟구치고 있다니……. 머리를 망치로 한 대 맞은 듯 정신이 번쩍 났어.

'넌 술을 마셔도 화내지 않기로 다짐하지 않았냐. 정신 차려! 네 인생만이 아니라 주변 사람들마저 망가뜨리는 지름길이라고.'

영화를 보다 말고 벌떡 일어나 밖으로 나왔어. 집을 향해 걷기 시작했지. 몸에 퍼진 술기운을 없앤 뒤 집에 가야 한다는 생각이 머리에 가득해. 영등포에서 대방역과 노량진역을 거쳐 중앙대학교까지 걸었어.

앞만 보며 스스로 다짐하고 또 다짐했어.

'이제 내 길을 가야 한다. 가야지. 꼭 가야지. 내 길을 가야 해.'

속으로 수도 없이 되뇌며 걷다 보니 어느새 집 앞에 다다랐네. 온몸이 땀범벅이야.

"엄마! 다녀왔습니다."

"어째 일찍 온다더니 늦었네. 야유회는 재미있었니?"

"네, 이 차 가자고 해서 잠깐 들렀다 왔어요. 일찍 잘게요."

"저녁 먹고 자지 그러니."

"많이 먹었더니 든든해요. 그냥 닦고 잘게요."

닦는 둥 마는 둥 하고 이불 속으로 들어갔어.

부모고 형제고 다 필요 없어

새벽녘 꿈을 꿨어. 내 몸이 하늘에 둥둥 떠 있네. 세상은 온통 검
정과 흰색으로 덮여 있어. 높고 낮은 전봇대가 여기저기 마구 흩어
져 있고 전선이 뒤엉켜 있는 그런 세상. 그 사이로 높고 낮은 건물
이 서 있고 나는 그 위를 오르락내리락하며 날아다니고 있어. 사람
들은 모두 저 아래서 움직이는데 나만 둥둥 떠다녀. 아무도 나를
알아보지 못해. 나만 음산하고 칙칙하고 복잡한 도시 위를 둥둥 떠
다니다 어느 순간부터 엄청난 속도로 전선과 건물 사이를 마구 날
아다니기 시작했어. 건물에 부닥치거나 전선에 목이 휘감길 듯하
다 아슬아슬하게 비켜 가기를 여러 번. 죽음이 눈앞에 왔다 갔다
하는데도 이상하게도 내 머릿속은 차분해.
'전봇대가 왜 이렇게 많아.'
'저 집은 유리창이 다 깨졌군. 갈아 끼워야겠다.'
'나 혼자구나. 새가 하나도 안 보이네. 왜 그러지?'

'눈을 감고 날아 볼까?'

'죽을 수도 있겠다. 이러다 죽겠어.'

마치 관객이 영화 보듯 한 발 물러서서 바라보는 거야. 곧 죽을지도 모른다는 생각을 하면서도 두려움에 떨지 않는 이 이상한 꿈은 붉은 벽돌로 쌓은 높고 낡은 건물에 부닥치는 순간 깼어.

땀에 흠뻑 젖은 얼굴을 손으로 쓱 훔치고 눈을 떠 보니 방에는 나만 누워 있네. 식구들은 다들 나가고 아무도 없어. 누나는 고등학교로 동생은 초등학교로, 아버지, 엄마는 일하러 가고 형도 어딘가 갔겠지.

도시 위를 혼자 날던 꿈속의 나와 방에 홀로 덩그러니 남아 있는 지금의 내가 다르지 않다는 생각이 들어. 혼자 도시 위를 날던 꿈결에서 벗어나지 못한 채 멍하니 넋을 놓고 천장을 바라봤어. 일어나고 싶지 않아. 아니야, 일어날 수가 없더라. 점심때가 다 되었건만 몸과 마음 모두 어둡고 무거워 꼼짝하기 싫어.

'다들 나가고 나 혼자구나. 이제 뭘 하지.'

생각에 빠져 있는데 엄마 발자국 소리가 들려. 나는 얼른 이불을 끌어당겨 머리 위로 뒤집어썼어. 내 주변에 있는 모든 걸 다 던져 버리고 미련 없이 어디론가 떠나고 싶어. 지금 당장 집 밖으로 나가지 않으면 마구 악을 쓰거나 고함을 지르며 집 안을 뒤집어엎을 것 같은 두려움이 몰려와. 나도 모르게 내 입에서 큰 소리가 튀어나오고 말았어.

"나를 내버려 둬! 날 그냥 놔두라고!"

가슴이 터질 것처럼 답답하더니 식은땀이 솟았어.

"난 떠난다. 나는 떠날 거야. 이 집을 나갈 거라고!"

벌떡 일어나 중얼거렸어. 엄마에게 눈길조차 주지 않은 채 대야에 물을 떠서 거칠게 세수를 하고 방으로 들어와 옷을 입었지. 대충 머리를 만지며 말했어.

"엄마! 돈 좀 줘요. 있는 대로 많이."

"왜? 급하게 쓸 데가 있니?"

"내가 번 돈 내가 쓰는데 어디에 쓰든 엄마가 왜 물어요. 나쁜 데 안 써요. 그냥 주세요."

"무슨 속상한 일……. 아니다. 그래 이게 전분데 더 필요하면 에미가 빌려서라도 주마."

돈을 건네는 엄마 손이 떨리고 있어. 벌겋게 달아오른 엄마 얼굴과 떨리는 손끝을 보는 순간 화가 더 치밀어 올랐어.

"엄마, 아버지는 내가 얼마나 힘든지 알아요? 아냐고!"

눈물이 확 솟아오르고 목이 메이면서 말문이 터졌어.

"내 가슴이 얼마나 터질 듯 아프고 외롭고 괴롭고 화가 나는지 아냐고요!"

난 울부짖었지.

"그냥 편하게 공장 다니는 게 아니라고요. 다른 아이들이 가방 들고 학교 가는 것만 봐도 고개 숙이고 다른 골목으로 돌아가는 내 마음을 아냐고. 형제라고 있는 것들은 다 지들 갈 길만 가고. 내가 벌어다 주는 돈만 쓰고. 나는, 나는 그럼 뭐야. 뭐냐고! 내가 지들 부모야? 내가 부모냐고. 내가 학교를 가기 싫은 게 아니라 못 가는 거라고. 가고 싶어도 안 가는 거라고. 먹고살려니까!"

엄마는 아무 말 안 하고 수돗가에 앉아 빨래를 방망이로 두들기기만 했어.

"집 나갈 거야. 이 집을 나가서 내 길을 갈 거라고. 어디 가도 굶어 죽지 않아. 잘 살 자신 있어. 내가 하고 싶은 걸 하고 살 거라고. 형제고 부모고 다 소용없어."

이렇게 말하는 순간에도 엄마가 날 걱정할 거라는 생각이 들어.

"어디 가든 죽거나 나쁜 짓 하고 살지는 않아. 그럴 깡다구도 없는 놈이고……. 하긴 그럴 깡이 있으면 지금까지 내가 이러고 살겠어. 당분간 못 볼 거야."

소리치고 골목으로 나가려 발걸음을 옮기는데 엄마가 내 손을 잡아. 눈물 가득 고인 눈으로 애원하듯 내 눈을 지그시 바라보며 입을 열어.

"아들! 힘들지? 네가 힘든 걸 에미 애비가 어찌 다 알겠니. 그래, 나가서 며칠 바람 쐬고 오너라."

엄마 손길을 뿌리치고 골목길을 나섰어. 씩씩하게 두 팔을 휘휘 저으며 상도 시장 버스 정류장으로 걸음을 옮겼지. 낯익은 사람들이 아는 눈길을 줘도 모른 척 앞만 뚫어져라 보고 걸었어.

어디로 갈까 머리를 굴렸지. 순간 철룡이 형 생각이 났어. 철룡이 형 검정고시 시험 날짜를 알아보려고 들렀던 영등포 도서관 뒤 남부 교육청! 그래, 교육청으로 가자. 가서 다시 학교 다니고 싶으니 다니게 해 달라고 하자. 안 된다고 하면 무릎 꿇고 울면서 매달려 보지. 까짓 거 그런다고 죽기야 하겠어?

시내버스를 타고 영등포 시장에 내려 옆도 뒤도 보지 않고 곧바로 교육청으로 갔어. 공장 출퇴근하느라 수도 없이 걸어 다녔건만 오늘은 완전히 다른 길이야. 이 세상에 태어나 처음 걷는 낯선 길. 길옆 가게도 그 많은 사람도 내 눈에 안 들어오고 엄청나게 시끄러운 자동차 소리, 물건 사라고 외치는 소리도 그저 시끄러운 잡음에 지나지 않았어. 그냥 앞만 보고 걸어 마침내 교육청 앞이야.

참 무뚝뚝하게 생긴 건물이 나한테 이런 말을 하는 것 같아.

'왔냐? 들어오려면 들어오고 말려면 말어! 난 너한테 관심 없어. 네가 누구인지도 모르고.'

그런다고 내가 안 들어갈 줄 알아? 잠시 움찔했지만 망설임 없이 문을 밀고 들어섰지. 창구에 대고 큰 소리로 말했어.

"중학교 다시 가고 싶어서 왔는데요."

젠장, 아무도 관심이 없어. 다 자기 일 하느라 쳐다보지도 않네. 더 큰 소리로 악쓰듯이 말했지.

"중학교 다니다가 퇴학당했는데 다시 학교 가고 싶어서 왔어요."

그제서야 남자 한 분이 손에 서류를 든 채 내 쪽으로 왔어.

"뭘 도와드릴까요?"

"저는 지금 학교 다니면 고등학교 일 학년인데요, 중학교 일 학년 일 학기 다니다 퇴학당했어요. 나쁜 짓 한 거는 아니고 집안 형편이 어려워 못 갔어요. 아버지 대신 농사짓느라 못 갔는데 나중에 친구한테 들으니 학교에서 퇴학시켰대요."

"그래요. 그런 일이 있었군요. 그러니까 지금 다시 중학교에 다니고 싶은 거지요? 퇴학당한 건 분명한데, 그런 경우에는 다시 학적을 살릴 길이 없어요."

"선생님! 저는 학교가 너무 가고 싶어요."

떨리고 숨이 가빴지만 말을 이어 갔어.

"저는 지금 공장 다니고 있어요. 학교에 다니고 싶어요. 학적을 살릴 수 없을까요?"

그분은 내 말투나 표정을 보니 상황이 심각하다 싶었는지 손에 들고 있던 서류를 내려놓고 창구 밖으로 나왔어. 내 손을 잡고 옆에 있는 딱딱한 나무 의자에 앉히더군.

"학교 가고 싶은 그 마음 알겠어요. 여기 마실 것 좀 한 잔 부탁해요. 아니, 두 잔."

"시원한 거 마시고 숨 돌리며 천천히 이야기하자고."

가져다준 음료수를 벌컥벌컥 들이켰어. 한숨이 푸 하고 나오네.

"내 말 잘 들어요. 지금 학교에 들어간다고 해도 고등학교 이 학년 나이로 중학교 일 학년에 입학하는 게 되거든요. 그러면 동급생들과 나이 차이가 너무 커."

"그래도 다닐 수 있어요. 지금보다는 나아요. 다니게 해 주세요. 제가 책임지고 말썽 안 피우고 졸업할게요."

"마음은 알겠는데 졸업이 너무 늦어요. 이런 마음가짐이라면 검정고시 보는 게 좋은데……. 내가 보기에 학생은 붙고도 남아요."

철룡이 형 생각이 났어. 책이 새까맣도록 공부해야 하는 검정고시를 나 같은 놈이 어떻게 봐.

"그거 너무 어렵잖아요. 저 같은 놈이 붙겠어요?"

"그렇지 않아요. 나이 드신 분들도 합격하는 시험이니까 한번 해 봐요. 뉴스에서 할머니 할아버지들이 합격하는 거 들어 봤지요? 학생은 충분히 하고도 남아요."

"정말 그럴까요?"

"해마다 두 번 보는데 올해는 시험이 끝났고 다음 해 사월에 시험이 있으니 그때 보면 딱 맞겠네요. 여섯 달 정도 공부해서 시험 보는 거지요."

"어떻게 공부해요?"

"검정고시 책을 사서 혼자 해도 되고 학원에 다녀도 돼요. 어려운 학생을 위해 돈 안 받고 가르쳐 주는 야학도 있고."

"네."

듣고 보니 그분 말이 맞는 거야. 중학교로 다시 돌아가는 건 아니라는 판단이 섰어.

"알려 주셔서 고맙습니다."

아저씨는 내 손을 꼭 잡으면서 말했어.

"힘들더라도 잘 견뎌 내고 검정고시 시작하면 좋겠네요."

난 그 아저씨에게 몇 번을 고개 숙여 인사하고 나왔어.

내 가슴을 짓누르는 어둠 속에서 희미하게나마 빛이 보이는 듯해. 엄마에게 마구 퍼부어 대고 집을 나와 마치 뭔가에 홀린 듯 교육청에 찾아온 나는 검정고시라는 한 번도 가 본 적 없고 감히 엄두도 못 내던 또 다른 길을 찾은 거야. 캄캄한 앞날에 뭔가 보이기 시작했어.

그런데 교육청을 나와 얼마 걷지도 않았는데 마음에 두려움이 밀려오더니 가라앉기 시작했어.

'학교 잘린 뒤 한 번도 연필을 잡아 보지 않은 내가 검정고시에 합격한다고? 말이 돼? 나 같은 놈이 시험에 합격한다는 게.'

이런 생각이 들며 점점 걸음에 힘이 빠지네. 그 순간 철룡이 형이 다니던 학원 선생님이 했다는 말이 떠올랐어. 공장 일을 하더라도 공부를 해야 하고 같은 일을 해도 배우면 세상이 다르게 보인다는 말. 그리고 공부는 스님이 도 닦는 거나 마찬가지라 죽는 날까지 해야 한다는 말도. 검정고시 공부한 뒤로 더 밝아지고 단단해진 철룡이 형 모습까지 떠올라.

또 생각이 꼬리에 꼬리를 물고 올라오기 시작했어. 지금 이 상태로는 더 이상 살 수 없다는 건 분명해. 그렇다면 결단을 내려야지. 뭘 망설여? 뭔가를 해야지. 당장 결정을 못 하면 집이라도 나오는 거야. 어쨌든 나 자신을 위해, 내 길을 가지 않으면 못 살겠어. 이 상태로 집에 들어갔다가는 그야말로 집안 식구들과 대판 싸우고 살림살이를 때려 부술지도 몰라. 영등포 시장 사거리에서 머뭇거리며 생각에 빠져 있던 나는 영등포역 쪽으로 길을 잡았어.

커다란 영등포역이 내게 말을 거는 것 같아.

"어서 오너라. 새로운 세상을 보여 주마. 얼른 와. 놀라운 새 세상이 널 기다리고 있어."

기차를 타고 떠나면 지금 이 답답한 상황을 벗어나 새로운 길이 열릴 거라는 설렘과 함께 낯선 세상에 대한 두려움과 공포가 밀려와. 나만을 위해 집을 떠난 적은 단 한 번도 없어. 물론 집을 떠나 본 적은 많지. 계룡산 갑사에 있는 여관, 성환 이발소, 용산 청과물 도매시장 그리고 지금 다니고 있는 공장. 이 모든 곳은 돈을 벌려고, 식구들 먹여 살리려고 간 거지 나를 위해 떠난 건 아니야. 내가 가겠다고 말은 했지만 나 스스로 결정한 게 아니라 상황이 나를 그렇게 하도록 만든 거지.

하지만 지금 내가 영등포역에서 기차를 타고 떠나는 건 달라. 엄마, 아버지와 형제 때문이 아니라 내가 혼자 스스로 결정한 거야. 내 가슴에서 솟아나는 대로, 느낌 가는 대로 돈을 쓰는 거고 내 몸을 움직이는 거지. 오직 나를 위해서.

내가 하고 싶은 걸 해서 좋은 거야

천천히 발걸음을 옮겼어. 이제 영등포역이 코앞이야. 저기 신호등 있는 횡단보도만 건너면 영등포역이지. 저기서 기차를 타면 난 집을 떠나는 거야. 내가 집을 떠나면 어떤 일이 벌어질까. 공장은 내가 없어지면 조금 삐그덕거리긴 하겠지만 아무 일 없이 잘 돌아갈 거고, 형제들은? 다들 자기 길 가느라 내가 집 나간 걸 알겠어? 아니다. 동생이랑 바로 위 누나는 울고불고 할 거야. 엄마와 아버지는? 엄마, 아버지는 날 믿으니까 걱정은 해도 그냥저냥 하루하루 살아갈 거고……. 떠나지 말까 하는 생각이 스물스물 올라오기 시작했지만 발걸음을 멈추지 않았어.

"아니야! 난 내 길을 갈 거다. 간다고. 더는 이렇게 살 수 없어. 엄마도 아버지도 형제도 나를 대신할 수는 없어. 난 간다. 관의야! 뒤돌아보지 마라. 내 인생은 내가 결정해."

주먹을 꽉 쥐고 혼자 중얼거리며 계속 영등포역을 향해 걸었어.

그 순간 문득 길 건너 사 층 건물에 붙어 있는 수많은 간판 가운데 눈에 확 들어오는 글자가 있어.

〈검정고시 전문 한림학원〉

'엇! 언제부터 저기에 검정고시 학원이 있었지? 새로 생겼나? 날마다 출퇴근하면서도 본 적이 없는데…….'

저기에 검정고시 학원이 있는지는 꿈에도 몰랐어. 난 그 자리에 멈춰 섰고 검정고시 생각으로 빠져들기 시작했어.

'검정고시 준비하는 길은 독학, 야학, 학원 셋 가운데 하나야. 하나를 고를 수밖에 없어. 야학은 싫다. 채소 장사 할 때 단골 아주머니 소개로 상도동에 있는 교회 야학에 이틀인가 다니다 기도하는 게 싫어 그만뒀잖아. 그렇다고 혼자 공부하는 것도 아니야. 뭘 알아야 혼자 하지. 책 사서 혼자 공부하는 독학은 도저히 엄두가 안 나. 학원에 다닐까? 철룡이 형처럼 공장 다니면서 학원에 다니는 게 낫겠는데…….'

어떻게 공부를 할까 궁리하다 나도 모르게 가던 길을 틀어 학원이 있는 건물 쪽으로 걷기 시작했지. 마치 몽유병에 걸린 사람이 아무런 의식 없이 걷듯 그렇게 길을 건너 학원으로 들어가는 입구에 섰어. 잠깐 멈칫하고 섰다가 한 걸음 한 걸음 계단을 오르는데 서서히 몸에 긴장감이 느껴지기 시작했어. 시끄럽게 들리던 차 소리도 들리지 않고 조용해지더니 마침내 학원이 있는 층에 다다랐어. 학원 문 위에 이런 글귀가 있더군.

〈뜻이 있는 곳에 길이 있다!〉

그 자리에 서서 몇 번을 읽었지. 바로 지금 이 순간 내 이야기야.

'오냐! 들어가자. 가서 길을 찾아보자고.'

문을 밀고 안으로 들어서는 순간 나는 또 한 번 그 자리에 서고 말았어. 낯익지만 가까이 할 수 없던 이 분위기. 오직 학교에서만 느낄 수 있는 차분함과 엄숙함에 현관문을 반쯤 밀고 들어서다 말고 그 자리에 멈칫 설 수밖에 없었지.

복도는 조용하고 선생님들 목소리와 분필이 칠판에 부딪치는 소리만 들리는 곳. 지금 내가 발을 내딛은 곳은 학교야. 이발소, 시장, 공장, 극장이 아니고 학교! 얼마 만에 느껴 보는 학교 분위기야. 학교를 떠난 지 네 해나 지났어. 울렁이고 쿵쾅거리는 가슴을 달래며 한 걸음 한 걸음 교무실 쪽으로 걸었지, 천천히 아주 천천히.

교무실에 들어서서 잔뜩 굳은 얼굴로 두리번거리며 입을 열려는 순간 키 작은 남자 분이 내게 다가왔어.

"무슨 일로 오셨지요?"

"네, 검정고시……."

"아, 그래요? 이쪽으로, 이쪽으로 따라오세요. 옆에 있는 상담실로 갑시다."

교무실 바로 옆에 있는 아담하고 예쁘게 꾸민 상담실로 나를 안내하더니 의자를 내어 줬어.

"주스 한 잔 할래요? 아니면 시원한 물도 있고."

"괜찮아요."

"지쳐 보이네. 주스 한 잔 해요."

예쁜 유리컵에 주스를 가득 따르더니 잔 받침까지 해서 내 앞에 놓아 주더라.

"어느 과정을 할 생각이지요?"

"저는 잘 몰라요. 중학교 다니다 잘렸어요."

"그래요. 초등학교를 졸업 못했으면 중학교 입학 자격 검정고시를 봐야 하고 줄여서 '중검'이라고 해요. 중학교를 못 다녔으면 고등학교 입학 자격 검정고시라고 해서 '고검'이라 하고, 고등학교 못 다닌 건 대학 입학 자격 검정고시라고 해서 '대검'이라고 해요. 그러면 학생은 고검을 봐야겠네요."

설명해 주는 선생님의 표정과 말투가 마음을 편하게 해 줘.

"어떻게 왔어요?"

어떻게 왔냐니? 버스 타고 걸어 왔다고 하기는 그렇고 무슨 말인지 몰라 멍하니 쳐다만 봤어.

"부모님이 가 보라 해서 왔나요? 아니면 누가 추천을 해서……."

"아니요, 부모님은 제가 여기 왔는지도 몰라요. 그냥 혼자 왔어요. 저기 건너편 길을 걷다가 학원 간판이 보이길래……."

선생님은 말을 멈추고 나를 지그시 바라봤어.

"어디 가는 길이었어요?"

"사실은 교육청에 다녀오는 길이에요. 학교 다시 다닐 수 있나 해서. 복학이 안 된다고 검정고시 보라네요. 그 말을 들으니까 속도 상하고 어떻게 해야 할지도 모르겠고……. 그냥 답답해서 아무 데나 가려고 기차 타러 가는 길이었어요. 영등포역 가다 학원 간판을 보고……."

말을 하는데 이놈의 눈물이 주책없이 나와. 하던 말을 다하지 못한 채 어깨를 들썩이며 울고 말았어. 선생님은 내 곁으로 와 두 손을 꼭 잡더니 내 등을 쓰다듬고 꼭 안아 줬어. 얼마나 지났을까.

"많이 힘들었구나. 이 굳은 살 박힌 손 봐라. 잘했다. 참 잘했고 어려운 일 해냈다. 혼자 여기 올 생각을 하다니."

"……."

"검정고시 봐라. 넌 합격할 수 있어. 하고도 남지, 암. 남이 시켜서 하는 것도 아니고 이렇게 간절한데 합격하고도 남는다."

마음이 조금 가라앉았어.

"저 같은 놈도 합격할 수 있나요? 전 공부 잘 못해요. 연필 잡은 지도 사 년이 넘어요."

"날 믿어. 틀림없다. 넌 합격해. 고검만이 아니라 대검도 합격할 거고 대학 가고도 남는다."

"네? 대학을요?"

난 눈이 휘둥그레졌어.

"암! 두고 봐라. 넌 대학도 간다. 날 믿고 하루하루 열심히 해."

선생님은 일어서서 따라오라며 앞장서더니 어느 교실 문 앞에서 멈췄어.

"안을 들여다봐."

교실 문에 있는 작은 유리창으로 안을 보니 열대여섯 명이 공부를 하는데 나이가 오십이 넘은 아주머니들이 여럿 보여. 아저씨 몇 분도 있고, 나보다 어린 아이들도 한둘 있긴 하지만 다들 나보다 나이가 많아.

"여기는 고검 준비 반이야. 낮에는 집에서 살림하는 아주머니들이 많이 오셔. 저분들도 시험 준비를 하는데 네가 못 할 일이 아니지."

교실 몇 군데를 더 보여 줬어. 중검, 그러니까 초등학교 졸업 자격 공부를 하는 교실을 보니 머리가 허연 분들이 대부분이야.

"여기는 연세들이 많아. 일제강점기 때 어린 시절을 보낸 분도 있어. 해방 뒤 전쟁까지 겪으며 삶과 죽음을 넘나든 분들이야. 고아로 힘들게 살아온 분도 있지. 상담실로 가자."

선생님은 고검에 필요한 교재와 준비물, 등록금을 알려 주더니 시간표를 갖고 와서 물었어.

"공장 일 하고 학원에는 몇 시까지 나올 수 있니? 공장에서 일하니까 야간에 다녀야 할 거다. 그리고 다들 공부가 하고 싶어서 모인 사람들이라 야간 반 분위기가 더 좋아."

"출근해서 사장님, 공장장님께 말씀드려 볼게요. 처음에 공장에 올 때 공부 시작하면 언제든지 도와주겠다고 했어요."

"그래? 그런 공장 드문데……. 가능한 이른 시간에 하는 게 좋아. 너무 늦으면 공부 시간도 짧고 졸려서 힘들다."

등록금 고지서와 학원 시간표 그리고 안내 책자를 들고 일어섰어. 선생님은 학원 건물 일 층까지 나를 배웅해 줬어.

"관의라고 했지? 이 학원 아니라도 좋으니 꼭 공부 시작해라. 공부도 때가 있다."

"네, 알겠습니다."

선생님은 내 두 손을 꼭 잡고 부드러운 눈길로 내 눈을 지그시 보며 말했어.

"목마른 사람은 반드시 샘을 찾게 돼 있어. 학생은 목마른 정도가 아니야. 너 같은 아이와 공부하고 싶다. 다시 보면 좋겠어."

"네, 선생님."

인사드리고 돌아서는데 가슴이 뛰어. 두 손을 잡아 주며 내 앞날을 걱정해 주는 사람을 만나서, 또 내 입으로 선생님이라고 불러 본 게 너무 좋아서……. 나는 겅중겅중 뛰어갔어. 얼른 집에 가서 엄마한테 이 사실을 알리고 오늘 당장 학원에 등록하려고.

"엄마!"

집에 도착하자마자 방문을 확 열어젖혔지. 그새 심한 몸살이라도 앓은 것처럼 얼굴에는 핏기 하나 없고 입술도 허옇게 마른 엄마가 맨바닥에 홑이불 하나 덮고 누워 있었어. 눈이 때꾼한 게 십 리는 들어갔네. 난 신발을 벗어 던지고 방 안으로 들어섰지. 놀란 표정으로 천천히 일어나 앉는 엄마 두 손을 꼭 잡았어.

"엄마! 잘못했어요. 엄마 힘든지 알면서 저도 모르게 말이 마구 쏟아져 나왔어요. 죄송해요, 엄마."

"아니여. 에미 죄가 크다. 내가 관의 니 생각만 하면 억장이 무너져. 니 말이 맞어. 니 말대로 니 길을 가거라."

엄마는 꺼칠한 두 손으로 내 얼굴을 감싸 쥐고는 울먹이며 말씀하셨지.

"어이구, 내 새끼. 집안 걱정 말고 기술을 배우든 장사를 하든 뭐든지 혀."

"공장 다니면서 공부할래요."

"……."

"지금 검정고시 학원 다녀오는 길이에요."

"뭣이여? 니가 시방 뭐라 했냐? 공부를 한다고?"

"그렇다니까요. 교육청 들렀다 검정고시 학원 다녀왔어요. 이거 봐요, 학원 선생님이 준 거."

등록금 고지서와 시간표, 책 목록까지 방바닥에 펼쳐 놓고 학원에서 있었던 일을 들뜬 목소리로 이야기했지.

"그려? 그랬단 말이지? 니가 공부하기로 마음을 단단히 먹었구나! 그러면 기다릴 거 없다. 어여 일어나라."

"어디……."

"어디긴 어디여, 학원 등록하러 가자."

세상에! 조금 전만 해도 초췌한 모습으로 누워 있던 엄마 얼굴이 언제 그랬냐 싶게 생기가 돌아. 일어나 앉기조차 힘들어하던 모습은 어디 가고 눈 깜짝할 사이에 나갈 준비를 마쳤어. 막 집을 나서려는데 학교 다녀오던 누나와 마주쳤지.

"너 어디 가? 엄마는?"

"너도 가자. 니 동생이 공부하기로 마음먹었다. 검정고시 학원에 가는 길이다. 니가 가서 좀 도와다오."

"공부를 한다고? 공부하면 밥이 나오냐고 하던 애가?"

누나도 함께 길을 나섰지.

아까 자상하게 설명해 주던 그 선생님이 있으면 좋겠다는 생각을 하며 학원으로 들어섰어. 일이 술술 풀리려니까 그런지 마침 그 선생님이 계시네.

"선생님!"

"어? 너 관의? 집에 안 갔니?"

"등록하려고 집에 다녀왔어요. 엄마랑 누나예요."

"벌써 등록하러 온 거냐?"

"네, 엄마가 당장 가자고 해서……."

"어머님이세요? 아드님이 어찌나 공부하겠다는 마음이 간절한지. 그래도 이렇게 빨리 올 줄은 몰랐는데."

"공부랑 담 쌓고 산 지 오래돼서……."

"걱정 마세요. 검정고시 공부하는 사람들은 다 몇 해씩 쉬다 하는 겁니다. 결심이 굳어 잘할 겁니다."

선생님은 나를 데리고 사무실에 가 하나하나 챙겨 줬어. 쓰던 참고서 몇 권과 새 공책도 주더라.

"선생님들이 쓰던 거지만 공부하는 데 아무 이상 없으니 써라. 다음 주 월요일부터 공부하자."

"네, 고맙습니다."

"어머니, 믿고 학원 보내세요. 여긴 학교 못 다닌 아이들 돌보는

데라 학교보다 더 챙깁니다. 공부도 그렇고 생활지도도 철저해요. 아드님이야 신경 쓸 것도 없지만."

"선생님! 우리 못난 자식 이끌어 주셔서 정말 고맙습니다."

엄마는 선생님한테 큰절이라도 하듯 허리 숙여 인사를 했어.

"아닙니다. 아드님처럼 스스로 하려는 아이들은 걱정할 게 없습니다"

선생님은 엄마랑 이야기를 나누며 학원 현관까지 배웅해 줬어. 책과 공책을 싼 보따리를 들고 학원을 나서는데 누나가 말했어.

"관의야! 가방 사러 가자. 어느 시장으로 갈까?"

"책가방? 내가 봐 뒀어."

"야! 너 웃긴다. 공부하라 그러면 공부해서 어디다 쓰냐고 하던 애가 가방까지 봐 둔 데가 있어? 너 정말!"

난 아무 말 안 하고 앞장서 영등포 시장으로 길을 잡았어. 공장 다니면서 중고등학생이 쓰는 가방을 산더미처럼 쌓아 놓고 파는 도매상을 봐 두었지. 봐 둔 게 아니라 그냥 눈에 띈 거지만. 학교 다니는 아이들만 보면 부러움에 내 마음을 아프게 하던 그 책가방을 사러 가는 거야. 나하고는 상관없다고 여기던 그 책가방을.

마침내 가방 가게에 들어섰어.

"예쁜 가방 많다. 이거 어때?"

"싫어."

"그럼 이건?"

"아니."

누나는 학생 가방이 아니라 일반인들이 쓰는 가방을 골라 보여 주는 거야.

"동생이 봐 둔 게 있나 보다."

나는 고등학생이 쓰는 네모난 책가방을 집어 들었어.

"야! 그런걸 사냐? 나 같으면 들고 다니라고 해도 싫겠다. 예쁜 거 많잖아."

"가방 들어 봐라."

난 가방을 들고 엄마 앞에 섰어.

"그래, 참 좋다. 보기 좋아. 그걸로 하자. 얼마요? 안 깎을 테니 받을 값만 불러요."

엄마는 한 푼도 깎지 않고 돈을 건넸어. 가방 가게를 나서며 엄마한테 뭐라 했지.

"엄마, 영등포 시장은 부르는 게 값이야. 깎아야지 그냥 사면 어떻게 해요. 바가지 쓴 거 아냐?"

"그 양반 눈 보니 그럴 사람 아녀. 그리고 니가 몇 해만에 드는 가방이냐? 이럴 땐 기분 좋게 사는 거여. 이 책가방이 니 앞날을 열어 줄 건디 뭣이 아깝냐."

새로 산 책가방을 옆구리에 딱 끼고 버스를 기다렸어.

"누나! 학생들이 쓰는 버스표 있지? 그거 나 좀 줘."

"너 그거 쓰라고 해도 싫다고 했잖아?"

누나가 건넨 학생용 버스표를 들고 버스를 기다리는 내내 가슴이 쿵쾅거렸어. 책가방을 들고 타면 안내양이 어떻게 나올까 무척 궁금해. 맨날 버스만 타면 학생이냐고 물어보는 게 너무 싫고 부담스러웠거든.

마침내 버스가 왔어. 버스에 올라탄 뒤에는 일부러 가방을 옆구리에 낀 채 버스 안내양 가까이 섰어. 안내양 눈에 잘 띄도록 책가방을 들고 그 앞을 알짱거렸지. 손님이 밀고 들어와도 계속 그 자리를 지켰어.

드디어 버스에서 내릴 때가 됐어. 나는 학생 버스표를 안내양에게 내밀며 눈치를 살폈지. 학생인지 아닌지 물어보지도 않아. 의심은커녕 신경도 안 쓰더라. 마침내 난 학생이 된 거야. 버스 안내양도 인정하는 학생!

버스에서 내리자 누나가 말했어.

"관의야! 책상 가지러 가자."

"책상?"

"흑석동 중앙대학교 정문 쪽에 헌 책상 파는 데가 있어. 거기 가 보자."

엄마도 당장 사러 가자는 거야. 가방을 두고 가려고 집에 들렀더니 발자국 소리를 듣고 동생이 뛰어나왔어.

"어? 오빠! 책가방 샀어? 학교 가? 학교 다니는 거야?"

"오냐! 오라버니 이제 공부한다. 학원 등록하고 오는 길이야."

"와! 우리 오빠가 공부를 한다고? 좋다, 좋아. 너무 좋아. 우리 오빠가 공부한다니."

동생은 밝은 성격 그대로 폴짝폴짝 뛰면서 내 팔을 붙잡고 웃음이 활짝 핀 얼굴을 내 얼굴에 들이밀었어.

"야, 인마. 징그럽다. 내가 공부하는 게 그렇게 좋냐?"

"그럼, 좋지. 얼마나 좋은지 알아? 오빠가 새벽에 일어나 혼자 밥 먹잖아. 나 그때 깨어 있어도 자는 척했다. 월급 타서 나 먹으라고 과자 사다 주는 것도 싫었어. 힘들게 일해서 번 돈으로 사는 거잖아. 나랑 언니만 학교 다녀서 얼마나 미안했는데……."

눈에 눈물이 그렁그렁하면서도 할 말은 어찌나 또박또박 잘 하는지, 그 곁에서 엄마는 아무 말 없이 지그시 보고만 있네.

"동생아! 네 책상 사러 얼른 가자. 원래는 내 건데 너 준다. 선물이다, 공부 시작한 선물."

여동생, 누나, 엄마 그리고 나 이렇게 넷이 흑석동 가서 책상을 사 왔지. 초등학교 때부터 늘 틈만 나면 공부하던 누나에게도 사 주지 못한 그 귀한 책상을.

"동생! 이제 이건 네 책상이다. 앉아 봐."

"누나, 내가 공부하는 게 그렇게 좋아?"

"그래, 그걸 말이라고 하니? 너는 일하러 가는데 나만 학교 다니는 게 얼마나 마음 아픈지 알아? 너한테 미안하고. 이제 너도 공부하니까 너무 좋다. 넌 공부 잘할 거야."

언제 들어오셨는지 아버지도 내 뒤에서 물끄러미 나를 쳐다보고 계셨어.

"어디 앉아 봐라. 네가 책상에 앉아 공부하는 거 보고 싶구나."

이거 뭐 시험에 합격한 것도 아닌데 집안이 온통 잔치 분위기야.

엄마 아버지는 무슨 큰 구경거리가 났다고 방에 앉지도 않고 선 채로 내가 책상에 앉아 있는 모습을 지켜봤어.

책과 공책을 책상 위에 정리해 주던 누나가 물었어.

"넌 어떤 과목이 가장 걱정이냐?"

"영어. 영어가 두려워. 수학은 숫자라도 쓸 수 있는데 영어는 알파벳도 못 써. 당장 뭘 해야 할지도 모르겠고."

"영어 공책 펴고 알파벳부터 쓰자."

누나는 내 손을 잡고 영어 소문자 쓰는 법을 가르쳐 줬어. 이날 나는 학교에서 쫓겨난 뒤 처음으로 볼펜을 잡고 알파벳이라는 걸 쓰기 시작했지. 알파벳을 쓰다 뒤돌아보니 여동생이 고등학교 일 학년이나 된 오라버니가 덜덜덜 떨면서 알파벳 쓰는 모습을 지켜보고 있네. 엄마, 아버지는 소리 없이 눈물을 흘리고 계셨어.

그날 밤 엄마는 잠자리에서 내 손을 꼭 잡으며 다짐하듯 말씀하셨지.

"공부를 해서 좋은 게 아니여. 니가 하고 싶은 걸 해서 좋은 거지. 몸 상하지 않게 하거라."

공부가 저절로 되는 줄 아냐?

"벌써 일어났냐? 아직 더 자도 되는데."

학원에 등록한 다음 날 일어난 가장 큰 변화는 바로 이거야. 누가 깨우지 않아도 저절로 눈이 떠진다는 거. 다른 또 하나는 공장에 출근할 때 엄마가 가방에 빠진 거 없이 챙겼냐고 물으며 내 손에 책가방을 쥐어 준다는 거. 그리고 출근할 때 날 바라보는 엄마 눈길이 밝아졌다는 것. 내 걸음걸이에 힘이 생겼고 어깨가 펴졌으며 고개를 들고 앞을 바라보며 걷는다는 것도.

난 이제 어깨를 웅크린 채 고개를 숙이고 땅바닥을 보는 게 아니라 앞을 보고 걸어가기 시작했어.

공장에서는 다른 때보다 손과 발을 재게 놀려 일하고 오후 다섯 시가 다가오면 냄비에 물을 올려 혼자 라면을 끓여 먹었지. 얼른 먹고 학원에 잽싸게 가야 하니까. 처음에는 공장장과 아저씨들 눈치를 보느라 뭉그적거리다 늦기도 했어. 다른 사람들 한창 일할 때 나만 퇴근 준비를 한다는 건 그렇게 만만한 일이 아니야. 그럴 때 공장장과 아저씨들은 이런 말로 내 마음을 붙잡아 줬지.

"야! 뭐하고 있냐? 시간 다 됐다. 일거리 신경 쓰지 말고 얼른 준비해."

"관의야! 그렇게 마음 약해 갖고 어디 공부하겠냐? 처음에나 너한테 이런 말 해 주지 나중에는 신경도 못 써. 네가 알아서 챙겨 가거라."

하루는 내가 일하는 분들 눈치 살피다 대충 닦고 옷 갈아입는데 서천 유 씨 아저씨가 내 손을 잡더니 이런 말씀을 하셨어.

"니가 공부하러 다니니 보기 좋구먼. 걱정 말고 가. 우리들이 다 알아서 할 거여. 낮에는 공장 일 허고 밤에는 공부허고. 쎄빠지게 고생하는 거 안다. 그러긴 혀도 니 얼굴이 밝아져 보기 좋구먼. 니는 모를 건디 예전의 니가 아니랑께. 딴 놈이 되었다. 우리집 아들놈도 너처럼 그렇게 하면 좋겠는디……. 세상 살다 보니 이것저것 눈치 살피면 결국 아무것도 못 하드라. 집안 사정, 공장 일 눈 질끈 감고 공부혀. 그것도 다 때가 있으니께. 내 말 명심혀."

유 씨 아저씨는 그 뒤로도 네 시 반만 되면 눈짓으로 나갈 준비를 하라고 일러 주셨어. 때로는 라면 물도 대신 올려 주고는 했지. 공장에서 라면을 끓여 먹고 설거지를 끝내자마자 책가방을 옆구리에 끼고 이 킬로미터가 넘는 비포장 길을 뛰어서 버스 정류장까지 갔어. 학원 시간 맞추느라 라면 먹고 백 미터 달리기 하듯 뛰어가니 속이 멀쩡할 리가 있나. 몇 번이나 속이 뒤집어져 먹은 라면을 다 토하기도 했어.

날은 점점 차가워져 가을 끝자락으로 가고 있건만 내 가슴에는 봄이 왔어. 손끝부터 발끝까지 뭔가 꿈틀거려. 지금까지 한 번도 느껴 본 적 없는 기운이 온몸을 휘감고 도는데 일을 해도 피곤한지 모르고, 걸음걸이는 가볍고, 누가 조금만 우스갯소리를 해도 웃음이 터졌지. 버스 운전수가 내 책가방과 옷을 훑어보며 '학생 맞아?' 하고 물어도 짜증이 안 나더라니까.

밝은 기운으로 학원 다닌 지 두 주쯤 지난 어느 날이야.

"내일모레 이번 단원 시험 볼 거니까 준비들 해 와라."

그런데 시험공부는 무슨 시험공부……. 아침 여섯 시에 일어나 출근하면 여덟 시 반이고 가자마자 작업복 갈아입고 온종일 일하지. 학원 갈 때가 되면 공장장과 직원들 눈치 보며 라면 끓여 먹고 달음박질쳐서 버스 타고 학원 오면 여섯 시. 학원 끝나면 열 시가 넘고, 집에 가면 온몸이 파김치가 되는데 언제 어디서 공부를 해. 하고 싶어도 할 짬이 있어야 하지.

영어 단원평가 시험 점수는 20점이었어. 단어는 그만두고 영어 소문자도 제대로 못 쓰는 판이니 성적이 나올 리가 있나. 네 개 가운데 답 하나를 고르는 문제가 많아 빵점 안 맞은 게 그나마 고맙더라니까. 우리 반에서 내 점수가 가장 나빴어. 온몸을 감아 돌던 밝은 기운이 가라앉고 말았지.

그날 영어 수업이 끝난 뒤 선생님은 날 교무실로 불렀어.

"점수가 안 좋아 실망했나?"

"아뇨, 전 원래 공부 잘 못해요. 초등학교 때부터 형제들 가운데 성적이 가장 안 좋았어요."

"공부나 해 봤냐? 너 시험공부 했어?"

"새벽에 일어나 공장 가고, 낮에 일하고, 공부할 틈이……."

"야 인마! 여기 이 학원 야간에 나오는 놈 치고 공부할 시간 있는 사람이 몇이나 되냐? 애 엄마도 있고 애 아버지도 있다. 너는 집에 가면 해 주는 밥이나 먹지. 그 양반들은 언제 공부하냐? 그리고 너는 나이도 어려. 너 그래 갖고 공부 할 수 있겠어? 이 자식 이거 정신 못 차리고! 학원 다니면 저절로 공부가 되는 줄 아냐!"

난 고개 숙인 채 아무 말 못 했어.

"과학 남궁 선생 아냐?"

"네, 학원 처음 왔을 때 제 상담해 주시던……."

"남궁 선생이 네 이야기 하더라. 눈여겨봐 달라고. 그런데 이게 뭐냐."

"죄송해요."

영어 선생님은 책상 서랍을 열고 뒤적이다 책을 꺼냈어.

"이거 받아라. 영어 참고서다."

《완전정복》이라고 쓰인 참고서야.

"수준이 네게 맞을 거야. 공부하기 편하게 되어 있어. 단원마다 앞에는 단원 설명, 새로 나온 단어, 문장이 나와 있어. 그걸 외워라. 그런 다음 뒤에 있는 기초 문제를 풀어. 그러면 내용이 어지간히 머리에 들어올 거야. 똑같은 문제집이 한 권 더 있으니까 며칠 뒤에 한 번 더 풀어. 그래야 네 게 된다."

"고맙습니다."

고맙다고 말은 하면서도 속으로는 '저걸 내가 어떻게 해.' 하고 이미 포기하고 있었지.

"너 알파벳도 모른다며?"

"겨우 조금씩 쓰고 있어요."

"이번 주 안에 안 보고 쓸 수 있도록 해라. 내가 확인할 테니 다음 주 월요일 수업 시작 전에 나한테 와. 그리고 이번에 시험 본 단원 단어 다 외워 오거라."

"그걸 어떻게……."

"틈틈이 시간 날 때마다 공부해. 공장에서 사고 안 나도록 하고. 야간에 다니는 아이들은 공장에 다니기 때문에 그게 가장 마음에 걸린다. 어떤 일이 있어도 사고 나면 안 된다. 공부를 안 하고 말지. 일하다 졸지 말고. 그 자식만 생각하면……."

"누가 다쳤나요?"

"아니다, 그냥 조심하라는 거지. 힘들어도 꼭 해라."

"네, 선생님!"

"공부는 바보가 잘한다. 소처럼 말 없이 한 걸음 한 걸음 걸어가라. 성적이 좋든 나쁘든 그냥 꾸준히 가. 처음이 무척 힘들다. 그 고비를 넘겨. 오죽하면 시작이 반이라 했겠냐."

영어 선생님이 준 참고서를 받아 들고 교실로 가는데 눈앞이 캄캄해. 알파벳만 모르는 게 아니라 영어를 읽을 수 있어야 외우든지 말든지 할 거 아냐. 교실로 돌아와 참고서를 뒤적이던 난 그 안에 있는 엄청난 길이의 영어 단어와 문장을 보고 그만 질려 버리고 말았어.

다른 사람들은 그 짧은 쉬는 시간에도 자리를 뜨지 않고 공부를 하고 있네. 가슴이 답답해지더니 졸음이 밀려와. 영어 선생님이 준 참고서를 베고 책상 위에 엎드려 눈을 감았어. 참고서 표지가 얼굴에 닿았어. 차갑고 딱딱하고 매끄럽고…… 두 손으로 머리를 감싼 채 엎드리니 잠이 쏟아지는데 온몸이 땅으로 가라앉으면서 정신이 아득해지네. 어느 구석에 그 많은 잠이 숨어 있다 몰려나오는지 온몸을 가누지 못할 정도로 잠에 빠져들었어.

얼마나 잤을까? 수업하는 소리가 아득히 들리다 크게 들리길 몇 번 되풀이하다 어느 순간 머리를 드니 과학 수업 시간이야. 손바닥으로 얼굴을 문지르며 정신을 가다듬었어. 다들 허리를 꼿꼿하게 세우고 수업 내용을 공책과 책에 부지런히 정리하는데 난 뭘 적어야 할지 모르겠어. 중요한 게 뭔지 감이 와야 적든 말든 할 거 아니겠어. 다시 잠이 와. 잠이 오는 게 아니라 몽롱해지면서 온몸에 힘이 빠지고 몸을 지탱하고 앉아 수업을 듣는 것마저 너무 힘들어. 어두운 생각이 꼬리에 꼬리를 무네.

'내가 공부할 수 있을까?'

'지금 이 꼬락서니를 해 갖고 검정고시에 합격한다고?'

'그냥 공장에나 다닐걸. 쓸데없는 짓을 했구나.'

'아이고, 공부한다고 여기저기 떠벌리고 다녔는데 그만둘 수도

없고. 이게 뭐야.'

교실에서 누구 하나 조는 사람 없건만 나는 몸뚱이만 교실에 들어와 있을 뿐 수업 내용은 하나도 귀에 들어오지 않아. 수업 내용을 이해하는 데 온 마음을 집중해도 모자랄 판에 학원에 온 걸 후회하며 절망에 빠져 있으니 무슨 공부가 되겠어. 가슴이 답답하고 터질 것 같아 교실 밖으로 나오고 말았어. 다들 공부하는 수업 시간에 혼자 우두커니 복도에 서 있는 게 어색해 화장실에 들어가 나오지도 않는 오줌을 쥐어짜고 화장실 창문 밖을 내다봤지.

영등포역으로 가는 큰길이 있는 학원 앞쪽과 달리 화장실이 있는 뒤쪽은 지저분하고 어수선해. 온갖 잡동사니가 골목 여기저기 흩어져 있고 우중충하고 어두워. 문득 나라는 인간은 밝고 화려한 학원 앞길이 아니라 어둡고 우중충한 뒷길이라는 생각이 들었어. 다른 아이들은 넓은 길을 걸어 다니며 밝은 모습으로 아이들과 어울려 즐겁고 행복하게 살지만, 난 뒷길 어둡고 좁은 길에서 어깨를 웅크린 채 우울하고 외롭게 살고 있는 거지.

내가 학원에 와서 공부를 시작한 까닭은 이 어둡고 우중충하며 외로운 뒷길에서 벗어나고 싶기 때문이라는 생각이 들었어. 밝은 세상 놔두고 나 혼자 어두운 구석에 박혀 사는 게 너무나도 견디기 힘들어 거기에서 벗어나려고 여기까지 온 거야. 더 이상 그렇게 살 수 없어서, 그러다가는 죽을 것 같아서 공부를 시작한 거란 말이지.

'공장 일을 배울 때에도 처음에는 지금처럼 어려웠어. 지금 내가 겪고 있는 어려움도 그런 걸 거야. 지금은 아무것도 눈에 안 들어오지만 열심히 하면 나아지겠지. 포기하지 말자. 다른 애들도 다 하는 공부를 나라고 못 할까. 교실로 가자! 가서 악착같이 죽기를 각오하고 하자고.'

나는 화장실을 나와 다시 교실 문 앞에 섰어. 공장에 첫 출근 하던 날처럼 깊게 숨을 들이마시고 뱉기를 몇 번 하며 마음을 가라앉혔어. 교실에 들어가 자리에 다시 앉았지. 그러고는 선생님이 하는 말을 하나도 놓치지 않겠다는 마음으로 허리를 꼿꼿이 세우고 공책을 펴고 연필을 들었어.

수업 내용은 못 알아들었지만 "이건 꼭 외워 와요. 잊으면 안 됩니다." 선생님이 하는 이 말만은 알아듣겠더라.

'외우라고? 뭔지 모르지만 외우면 될 거 아냐. 외워야지. 스님 불경 외우듯 외워 오면 되겠지.'

나는 칠판에 있는 공식을 공책에 적었어. 사실은 쓴 게 아니라 그림 그리듯 따라 그린 거지만.

수업이 끝나 갈 무렵 이번 수업에서 내가 꼭 알아야 할 것, 다시 말해 외워야 할 게 뭔지 알아야겠더라. 쉬는 시간에 누구한테 물어볼까 살피다 공부 시간에 가장 바른 자세로 집중하고 있던 나이가 들어 보이는 남학생한테 다가갔어.

"저기, 부탁이 있는데요. 과학이 너무 어려워서 하나도 못 알아듣겠어요. 이번 시간에 꼭 알아야 한다고 하는 중요한 게 뭐예요?"

"프린트 못 받았어요? 거기에 다 있는데."

내가 잠깐 화장실에 간 사이에 나누어 줬는지 아니면 내가 잠든 사이에 줬는지, 난 받지 못했어. 그길로 교무실로 갔지.

"선생님, 아까 제가 요점 정리한 프린트를 못 받았어요. 남은 거 있으면……."

과학 선생님이 나를 쳐다봤어. 내가 이 학원에 처음 왔을 때 맞이해 준 분이라 그런지 말하기가 쉽더라.

"오늘 고단하냐? 수업 들어가니 자고 있더라. 자, 여기. 오늘 수업 핵심이 여기에 다 있어. 네모 칸 안에 들어 있는 건 꼭 외워 와라. 다음 시간에 그걸로 예상 문제 풀 거니까."

"네, 외워 오겠습니다."

뭘 믿고 외워 오겠다는 건지 그냥 자신 있게 말했어. 거기에는 몇 번을 읽어도 이해가 안 되는 말이 잔뜩 써 있는데 외우겠다고 큰소리를 친 거야.

교실로 돌아와서 아까 물어봤던 그 남학생에게 다가갔지.

"여기 공식에서 에스(S)는 뭐예요?"

"시간이요. 초, 그러니까 이건 일 초에 간 거리를 말하는 거예요."

옆에 앉아서 다음 수업이 시작될 때까지 계속 물어봤어. 선생님이 정리해 준 프린트에 있는 핵심 내용과 관련된 문제가 참고서 어디에 있는지 물어보며 하나하나 표시를 했지.

수학 시간에는 분수 계산을 하는데 가슴 답답한 일이 벌어졌어. 분수의 약분과 통분을 해야 해결할 수 있는 문제인데 약분과 통분이 잘 안 돼. 최대공약수와 최소공배수를 구하는 게 어려워. 알 듯말 듯 힘들기에 수업 끝난 뒤 교무실로 가서 수학 선생님한테 알려 달라고 매달렸지. 몇 번 되풀이해 같은 설명을 하던 선생님은 내게 이런 말을 했어.

"구구단 외워 봐라."

그래 맞았어. 난 구구단을 외우지 못한 거야.

"오늘 집에 가거든 구구단을 꼭 외워라. 그걸 못 하면 곱셈, 나눗셈은 말할 것도 없고 분수, 소수, 비례식 등 힘든 게 한두 가지가 아니야. 꼭 외워 와. 검사할 테니까 다음 주 수학 시간 있는 날 내게 오너라."

"외워 오겠습니다."

또 큰소리로 자신 있게 말하고 교실에 와서 가방을 챙기고 나오니 아까 내가 과학을 물어본 그 학생이 학원 복도 저 앞에서 걸어가는 게 보여. 그런데 그냥 걷는 게 아니고 뭔가를 꺼내 읽으며 걸어가고 있어. 과학 시간에 받은 프린트를 꺼내 정신을 집중해서 읽는 건지 외우는 건지, 그러면서 천천히 걷는 거야.

그러고 보니 저 아이는 학원에 와서도 틈만 나면 뭔가를 꺼내 쉬지 않고 공부하더라. 저렇게 공부를 해야 하는구나 싶으면서 동시에 누나도 밥 먹으면서 영어 단어를 외우거나 뭔가를 꺼내 읽던 게 떠올라. 심지어 밥 먹고 학교 갈 때도 읽으며 갈 걸 챙기던 모습도 함께.

학원을 나서다 말고 다시 교실로 돌아갔어. 연습장에다 내가 지금 당장 외워야 할 것, 꼭 알아야 할 것을 적었지.

〈영어 알파벳 소문자 쓰기, 영어 시험 20점 받은 단원 단어 외우

기, 구구단 외우기, 과학 속력 공식이랑 문제 풀이하기〉

영어 참고서를 꺼냈어. 맨 앞에 소문자 쓰는 방법이 나와 있고 지난 영어 시간에 시험 점수가 20점 나왔던 단원의 단어도 있어. 거기를 펼쳤지. 가방을 챙겨 집으로 가면서 아까 그 아이가 하던 것처럼 길에서 공부를 하기 시작했어.

공부는 지지리도 못하면서 남들이 보면 엄청 공부를 잘하는 것처럼 보이겠지만 남의 눈길에 신경 쓰지 말자고 스스로 다짐했어. 공부를 잘하면 내가 이렇게까지 하겠냐? 못하니까 그러는 거지.

걸어가면서 가로등이나 가게 불빛에 의지해 단어를 외웠어. 버스에 올라탄 뒤에는 내 허벅지에 손가락으로 알파벳 쓰는 연습을 했어. 쓰는 순서가 애매할 때는 참고서 앞에 나와 있는 알파벳 쓰는 순서를 보면서 쓰는 방법을 외웠지. 온몸에 바짝 긴장감을 주고 외웠어.

'빨리 외워야 해. 할 게 한두 가지가 아니야. 알파벳 쓰고 영어 단어 외우고 구구단 외우고 과학 공식 외우고. 정신 차리자. 잊지 말라고. 한 번에 외우게 하란 말이다. 꼭 그렇게 해야 해. 정신을 집중하라고. 넌 이걸 못 하면 다시 또 어둠 속으로 가야 해. 혼자 뒷골목이나 헤매며 살래? 죽었다 생각하고 해라. 못 하면 넌 죽어. 살아도 산 목숨이 아니라고. 꼭 해야 해.'

버스가 우리 동네에 도착했어. 버스 정류장에 내려 다시 참고서를 펼치고 단어를 외우려다 문득 내가 아는 아이들을 만나면 어쩌나 싶은 거야. 다른 아이들은 고등학생인데 내가 들고 있는 참고서에는 중학교 일 학년이라고 써 있는 게 마음에 걸려. 사방에 아는 사람이 널려 있는데 날 보면 이 나이에 중학교 공부를 하냐고 흉볼 텐데 어쩌나 싶더라. 영어 참고서를 다른 사람 눈에 안 띄게 접다가 혼자 피식 웃고 말았어. 중학교 다닐 나이에 온 동네 채소 장사, 생선 장사 하느라 소리소리 지르고 다닌 건 안 창피하고 중학교 일 학년 영어 참고서 보는 건 창피해?

다시 영어 참고서를 펼쳐 들고 단어를 기억하며 걷기 시작했어. 혼자 작은 소리로 중얼중얼거리며 걸었지.

"아름다운 뷰티플 b, e, a, u, t, i, f, u, l."

버스 정류장에서 집까지 가는 동안에 단어를 꽤 외웠어. 집에 들어서면서도 머릿속으로는 단어를 외우며 엄마를 찾았어. 내가 퇴근할 무렵이면 어떤 일이 있어도 엄마는 아궁이 앞에서 날 맞아 주거나 방에 있다가 내 발자국 소리만 들려도 먼저 방문을 열고 나와 줬는데 오늘은 집에 아무도 없네. 밥상만 방 한쪽에 다소곳이 차려져 있어. 가방을 내려놓고 세수하려고 방문을 여는데 마침 엄마가 들어서는 거야.

"엄마! 어디 다녀오세요?"

"요기 앞에 가게에 다녀오는 길이다. 늦었구나. 어서 밥 먹자."

늦은 저녁을 먹은 뒤 다시 책상 앞에 앉아 영어 소문자 쓰는 연습을 하다 잠자리에 들었어. 잠자리에 들어서는 잘 안 외워지는 구구단 7, 8단을 되풀이해 외우다 잠이 들었지.

다음 날부터 틈만 나면 공부를 하기 시작했어. 밥 먹을 때도, 길을 걸으면서도, 똥 누면서도 내가 외워야 할 것, 잊어서는 안 될 걸 되풀이해 떠올리느라 머리를 잠시도 쉬게 놔두지 않았어.

일요일이야. 온종일 영등포 도서관에서 영어, 과학, 수학 선생님이 내준 과제를 공부했지. 배운 건 까먹지 말자는 마음으로 악착같이 배우고 외운 걸 떠올리려 몸부림치며 공부했어.

영어 선생님이 가르쳐 준 대로 참고서에 단원 풀이를 먼저 읽고 단어도 외웠어. 그다음 문제를 풀어 보니까 삼분의 일은 답을 알겠어. 틀리거나 애매한 건 다시 단어를 외우고 문장을 읽고 그 뜻을 알아본 뒤 다시 풀었더니 어느 정도 알겠더라. 깜깜하던 문제가 이해가 되는 거야.

모르던 걸 알게 되었을 때는 마음이 밝아져. '내가 이걸 어떻게 풀어.' 하며 주눅 들어 있다가 공부를 한 뒤 다시 푸는데 이해가 될 때 그 기분이란 말로 표현하지 못할 정도로 짜릿해. 다음 시간에 배울 단원도 미리 공부했지. 예습을 한 거야.

저녁 먹을 시간이 지나도록 공부를 하다 보니 속이 쓰리고 아프더라. 이러다가는 안 되겠다 싶어 가방을 챙겨 도서관을 나섰어. 이 세상에 태어나 처음으로 도서관에서 온종일 공부라는 걸 한 날이야. 머리가 띵하니 지치고 기운은 없는데도 힘들고 어려운 일을 견디고 이루어 낸 것처럼 뿌듯함과 보람 같은 게 느껴지면서 머리가 맑고 공부한 내용이 또렷하게 떠올라.

걸어가면서도 그날 공부한 내용을 되풀이해 외웠어. 외우다 정신이 딴 데로 흘러가면 다시 추스르고, 길가에 있는 뭔가에 정신이 팔리면, '야 인마! 정신을 어디다 쓰는 거야. 한 군데로 모아야지, 한 군데로.' 하면서 나 스스로를 다그쳤지.

집에 가니 내가 좋아하는 돼지고기 찌개를 해 놓으셨네. 그날은 고기를 많이도 넣었어. 모처럼 아버지, 누나, 여동생까지 모여 밥을 먹는데 마치 내 생일 같은 분위기야. 누나가 밥을 먹다 놀렸어.

"야! 너 길 걸으면서도 공부한다며?"

"뭔 말이야? 내가 언제?"

"엄마가 그러더라. 네가 버스에 내려서 집에 오는 내내 책 보면서 공부하더라고. 엄마가 봤대."

난 밥 먹다 말고 엄마를 쳐다봤어.

"어제 니가 늦기에 마중 나갔지. 버스에서 내려 딴 데 눈길 한 번 안 주고 책 보며 가더라. 니가 부담스러울까 봐 모른 척했지."

"선생님이 내준 숙제가 있어. 월요일에 검사를 받아야 해서⋯⋯."

"너랑 채소 장사 하던 첫날 생각이 나더라. 팔아야 할 물건 못 팔까 봐 몸이 달았잖여. 사람들은 우리 물건을 쳐다보지도 않고. 그런데 그날 그걸 다 팔았지. 새로 시작할 땐 다 힘든 거여. 안 하던 공부라 얼마나 힘들까."

밥 먹고 난 뒤 나는 누나에게 구구단 연습을 시켜 달라고 했지. 마구잡이로 불규칙하게 구구단 문제를 내면 내가 답을 맞히는 거야. 여동생도 옆에서 같이 했어. 초등학교 오 학년 동생이 고등학교 일 학년 오빠에게 구구단을 가르쳐 줬어. 나는 구구단 연습을 하고 누나는 내일 새로 배울 단원 영어 문장 아래에 한글로 영어 발음을 써 줬어.

〈I am a boy.

　아이 앰 어 보이.〉

내가 영어 단어를 읽을 줄 모르니 어쩌겠어. 아는 것도 있지만 모르는 게 더 많으니 별 수 있나. 누나는 내가 영어 공부를 조금 더 하고 나면 발음기호랑 사전 찾는 방법을 알려 주겠다고 약속했어.

밤늦도록 동생과 누나 도움을 받으며 공부를 했고 그다음 날 출근하는 내내 길에서도 버스에서도 영어, 수학, 과학 공부를 했지. 공장에서도 점심시간에는 한쪽 조용한 데로 가서 공부를 했어.

학원에 갈 시간이 되었을 때 유 씨 아저씨가 내게 다가왔어.

"냉장고에 가면 총각김치 있으니께 라면 하나 끓여서 이 밥이랑 같이 먹어. 아침에 너 먹으라고 밥 싸 왔어."

"……."

"날마다 라면만 먹으면 속병 생기는 거여. 되도록 밥 먹고 가. 지금은 몰라도 속 망가져."

라면에 밥을 말아 아저씨가 가져온 총각김치랑 먹는데 어찌나 맛있는지 꿀맛이더라. 학원에 가려고 가방을 챙기는데 자동차 소리가 나. 밖을 내다보니 우리 공장 물건을 싣고 팔 톤 트럭이 들어오는 거야. 트럭 짐칸에는 무게가 오십 킬로그램이나 되는 원료가 가득 실려 있어. 순간 눈치가 보이네. 나 없다고 별 문제가 있는 건 아니지만 무거운 짐이 한 트럭 들어오는 걸 모른 척하고 나만 쏙 빠져나간다는 게 마음에 걸려. 순간 망설여지네. 하는 수 있나, 다시 작업복으로 갈아입고 나왔지.

"너 학원 가야지?"

공장장이 말했어.

"우리가 다 한다. 걱정 말고 얼른 가. "

"아니에요, 잠깐 같이 짐 부리고 갈게요. 그냥 나가려니 너무 죄송해요."

그냥 학원 가라고 공장장과 아저씨들이 말렸어. 그때 유 씨 아저씨가 나섰지.

"아녀, 관의 말이 맞구먼. 사람이 그래야지. 같이 하고 가는 게 사람 도리제. 그러고 기사 양반! 짐 부리고 어디로 가시오?"

"차고는 인천인데 서울에 짐이 있다고 해서 서울 가요. "

"잘됐구먼. 기사 양반, 얘가 서울 영등포 갈 건디 가는 길에 태워 주면 좋겠소. 영등포역에 있는 학원에 야간 공부하러 가는 길인데 어떻게 안 되겠소?"

"그러지요. 문래동 공장에 가니까 버스 정류장에 내려 줄게요."

트럭을 얻어 타고 서울로 오는 내내 공부를 못 하는 게 마음에 걸렸지만 덕분에 학원에 일찍 도착했어. 빈 교실에 들어가 공부를 하고 교무실로 갔지. 다른 분들은 수업을 하는지 수학 선생님만 있었어.

"일찍 왔구나. 구구단 외웠냐?"

"네, 한다고는 했는데……."

"이거 풀어 보거라. 십 분 안에 다 풀어야 한다. 옆에 있는 빈 교실에 가서 풀어 오너라."

초등학교 과정 공부하는 반에서 푸는 곱셈, 나눗셈 문제야. 나는 선생님이 준 학습지를 앞에 놓고 시계를 한 번 보고 정신없이 풀었어. 십 분이 안 돼 끝나기에 문제지를 들고 다시 교무실로 갔지. 선생님은 쭉 훑어보더니

"제대로 했구나. 하나도 안 틀렸어. 그럼 이거 풀어 봐라. 지난 시간에 네가 못 푼 문제다. 여기 옆에 앉아서 풀어."

신기하더라. 지난번엔 그렇게 안 풀리던 문제가 지금 보니 아주 쉬운 거야. 술술 풀리네. 그렇게 어렵던 최소공배수, 최대공약수가 이해가 되고 분수 통분과 약분이 척척 되는 거야. 머뭇거리지 않고 풀고 나니 선생님 얼굴이 환해졌어.

"야! 인마! 너 이 자식 제대로 공부해 왔구나. 그래, 공부는 이렇게 하는 거야. 잘했다!"

수학 문제를 풀고 교무실을 나서는데 영어 선생님이 수업을 마치고 들어오시네.

"관의 왔구나. 이리 와라. 이 시험지 여기 앉아서 풀어 봐라. 지난번에 본 영어 시험지다."

쉬는 시간이라 그런지 시끌벅적한 교무실에서 정신 바짝 차리고 영어 선생님 책상에 앉아 문제를 풀었어. 지난번에 20점 받은 그 시험지야. 그때는 읽지도 못 하던 단어가 읽히고 단어와 문장의 뜻을 묻는 문제를 풀 때는 그 단어와 문장을 외웠던 곳까지 함께 떠올라.

'아 이 단어는 버스에서 외운 거고, 이거는 도서관에서, 이거 외울 때 누나가 이런 말을 했지.'

하나하나 생생하게 기억나는 거야. 지난번 시험 볼 때는 누구 말대로 '흰 건 종이요 검은 건 글씨'라고 눈앞이 깜깜하더니 지금은 그게 아니야. 글씨가 눈에 들어오고 뜻이 보이네.

다 풀어 선생님한테 드렸지. 선생님은 시험지를 받자마자 내 눈앞에서 눈 깜짝할 새 채점을 하더군. 88점! 스물다섯 문제 가운데 세 개 틀리고 다 맞았어.

머리가 희끗희끗한 영어 선생님 얼굴이 환해졌어.

"공부했구나. 너 인마, 공부를 해 왔어. 초등학교 졸업하고 처음 하는 공부지?"

"네, 그런데 소문자 쓰는 건 시험 안 보세요?"

"볼 거 없다. 안 봐도 안다. 네가 공부했는지 안 했는지 네 눈을 보면 안다고. 힘든 게 공부라고 하지만 또 쉬운 게 공부다. 하면 한 만큼 배우는 게 있단 말이다. 애썼다."

그날 과학 시간에도 속도 문제를 대부분 다 풀었어. 지루하고 답답하기만 하던 과학 수업 내용이 귀에 들어오기 시작했지. 알아듣지 못하는 게 나오면 '이래 가지고 내가 합격할 수 있을까?' 하는 어두운 생각이 또다시 솟아올랐지만 '까짓 거 수업 끝나고 물어보거나 참고서 풀어 보지 뭐.' 하는 마음이 들기 시작했어.

이날은 내게 역사적인 날이었어. 콩 심은 데 콩 나고 팥 심은 데 팥 나는 건 농사만이 아니라 공부도 마찬가지라는 걸 깨달은 날이지. 또 한 가지, 어쩌면 나도 공부 잘하는 아이가 될지도 모른다는 희망을 맛봤어. 캄캄한 하늘에서 아주 작고 희미한 빛이 내게 비쳤고 공부가 내 가슴속으로 들어온 날이야.

외롭던 내게 다가온 혜숙이

"일요일에 야근할 수 있겠니?"

학원 갈 준비를 하고 있는데 공장장이 조심스런 표정으로 내게 말을 걸었어.

"이번에 수출하는 거 말이다. 선적 날은 다가오는데 생산량이 너무 부족해. 다른 사람은 평일에 돌아가며 야근하느라 다들 지쳐서 더 부탁할 수도 없고……."

다른 때 같으면 망설이고 말 것도 없이 내가 야근을 하겠다고 나서겠지만 공부를 해야 하니 쉽게 대답을 못 하겠어.

"일요일 낮에도 해야 하나요?"

"공부 때문에 그러지?"

"일요일엔 도서관 가서 공부하거든요."

"다른 일은 할 필요가 없고 젖은 걸 말려서 포장만 하면 돼. 틈틈이 공부하면서 일하면 어떨까? 급해서 그런다."

죄송하더라. 남들 한참 일하는 시각에 퇴근하는 나로서는 도저히 이 부탁을 거절할 수가 없어.

"할게요. 일요일 낮에 일하고 야근까지 하는 거지요?"

"그래. 월요일 아침에 퇴근해 집에서 한숨 자고 저녁에 학원에 가면 되겠다. 고맙다."

"아니에요. 제가 죄송하지요. 학원에 안 다녔으면 야근 많이 할 텐데……."

"어서 학원 가거라. 공부는 할 만하냐?"

"재미있어요."

"공부가 재미있다고? 허어 짜식. 그래, 열심히 해. 보기 좋다."

그 뒤로 수출을 마무리할 때까지 일요일마다 낮과 밤에 일하고 월요일 아침 퇴근했지. 책상 앞에 앉아 공부하는 시간이라고는 영등포 도서관에 가는 일요일밖에 없는데 이제 그마저도 못 하는 거야. 일요일마저 일을 해야 하니 출퇴근길에 타고 다니는 버스 안과 걸어 다니는 길 위에서 공부하지 않으면 할 시간이 없어.

그나마 출퇴근길에 타는 버스가 종점이 가까웠던 게 다행이야. 버스에 앉아 출퇴근할 수 있다는 게 공부하는 데 큰 보탬이 되더라. 늘 손에는 외울 걸 들고 다녔어. 영어, 사회, 과학은 말할 것 없고 수학 공부도 버스 안에서 해야 했지. 눈으로 읽고 생각하며 할 수 있는 공부는 뭐든지 버스에서 했어. 특히 영어는 교과서 문장을 통째로 외웠지. 학원 시험 문제에 교과서 예문이 나오면 본문을 읽지 않아도 '아! 이거 몇 단원이구나.' 하고 그냥 문제를 풀 수 있더라니까. 문장부호까지 외웠어.

검정고시 시험 문제는 난이도가 높지 않아 이렇게 외우는 공부법이 큰 보탬이 되었어. 시험을 봤다 하면 성적이 잘 나오는 거야. 하면 하는 만큼 성적이 나오니 공부하는 재미에 더욱 깊이 빠져들 수밖에. 선생님들이 중요하다고 하는 건 몽땅 독서 카드에 정리해 가방 앞쪽에 넣거나 주머니에 넣고 다니면서 밥 먹고 똥 눌 때도 꺼내 보는 지경에 이르렀어.

그러던 어느 날 과학 시간이야. 큰 키 때문에 교실 뒤쪽에 앉아야 하지만 선생님 가까이서 공부하고 싶은 마음에 맨 앞 왼쪽 구석에 자리를 잡았어. 그날도 맨 앞에 앉아 과학 선생님 설명을 듣고 있는데 갑자기 어지러운 거야. 속이 울렁거리고 메슥거려 앉아 있질 못하겠더라고. 아무래도 토할 것 같아 슬그머니 교실을 빠져나왔지. 손가락을 목에 넣어 토하려 했지만 헛구역질만 나오네. 찬물로 세수한 뒤 다시 교실로 돌아와 수업을 듣는데 속은 좀 가라앉았지만 아직도 어질어질해.

조금 있으니 어지럽고 울렁거리는 게 좀 가라앉나 싶더니 이게 웬일이야? 바로 코앞에 있는 과학 선생님 모습이 또렷하지 않고 몇 개로 보이기 시작하네. 눈앞이 뿌옇게 되더니 가물가물 멀어졌다 가까워지기를 되풀이하는 거야. 순간 '왜 이러지? 야근 후유증인가?' 하면서 얼굴을 손바닥으로 문지르고 눈을 비벼 봤지만 점점 심해져. 나중에는 과학 선생님이 안 보이다 보이기를 몇 번 하다 눈앞이 뿌연 정도가 아니라 깜깜해지고 가슴이 답답해지는 거야.

"야! 너 왜 그래?"

"……."

"어디 아프냐? 얼굴이 안 좋아."

"모르겠어요. 앞이 잘 안 보여요, 선생님 얼굴도."

선생님이 수업하다 말고 내게 다가와 어깨에 손을 대는 순간 그대로 책상 위에 엎어지고 말았어. 사실은 엎어진 것조차 몰랐지만……. 깨어 보니 과학 선생님이 내 곁에 굳은 얼굴로 앉아 계시네.

"괜찮냐?"

"어지럽고 머리가 아파요."

"내가 보여? 책상 위에 엎어져 아주 잠깐 정신을 잃었어. 내가 보이냐?"

"보여요. 제가 정신을 놓았다고요?"

선생님은 어이가 없다는 표정으로 웃었어.

"허, 이 자식. 순간 정신을 놓았다, 아주 잠깐."

"네?"

선생님은 내 이마를 손으로 짚어 보고 손도 잡아 봤어.

"열은 없고, 손도 이제 따스하구나. 지금 막 병원에 데려가려던 참이었어. 너 평소에도 쓰러진 적 있냐?"

"그런 적 없어요. 튼튼한 편이라 감기도 몇 년에 한 번밖에 안 걸리거든요. 걸렸다 하면 오지게 아프지만."

선생님은 이해가 안 간다는 표정으로 말을 이어 갔어.

"너, 밥은 잘 챙겨 먹고 다니냐?"

"공장 출근할 때마다 어머니가 아침밥 챙겨 주세요. 저녁은 집에서 먹을 때도 있고 안 먹을 때도 있고 그래요. 공장에서 먹고 나와서 안 먹을 때가 더 많지만."

"점심은? 뭐 먹냐?"

"라면요."

"퇴근할 때는?"

"라면 먹는데요."

선생님은 어이가 없다는 표정이야.

"야, 이 녀석아! 그러면 하루에 두 번을 라면으로 때우냐? 공장에서 밥도 안 해 줘?"

공장엔 식당이 없어서 점심밥을 지어 먹기도 하지만 주로 라면을 먹는다는 거. 그리고 퇴근할 때 라면을 두 개는 기본이고 세 개, 때로는 네 개도 혼자 먹는다고 이야기했지. 먹고 나서 이 킬로미터 정도 되는 길을 뛰다시피 해야 학원에 늦지 않게 도착한다는 것도.

"혹시 야근도 하냐?"

"네, 요즘에는 일요일에도 하루 종일 일하고 월요일 아침에 퇴근해요."

이야기를 나누다 선생님은 다음 시간 수업 때문에 가야 한다고 가셨어. 나도 화장실에 가서 세수를 하고 교실로 돌아갔지. 교실에 있는 사람들 모두 나를 쳐다보는 거야. 내 자리에 가서 선생님이 내준 문제를 풀고 있는데 옆자리 여학생이 속삭이듯 작은 목소리로 말을 걸었어.

"많이 아픈 거 같던데 괜찮아요?"

"네, 속이 좀 울렁거리고 어지러운 거 빼고는."

"얼굴이 하얗게 되더니 쓰러져서 놀랐어요."

걱정된다는 표정을 지으며 내 얼굴을 빤히 쳐다보네. 여학생 얼굴을 이렇게 가까이서 마주보는 게 어색해서 나는 별 대답도 안 하고 그냥 문제를 풀었지. 수업을 마치고 집에 갈 준비를 하고 있는데 학원에서 심부름하는 아이가 과학 선생님이 찾는다고 교무실에 들르라는 거야. 교무실로 갔지.

"이리 앉아라."

선생님이 의자를 내주시더라고.

"몸은 좀 어때?"

"울렁거리고 눈이 조금 침침한 거 빼고는 괜찮아요."

"네가 너무 힘든 거 아닌가 싶네. 그리고 먹는 거도 좀 챙기고."

"네, 알겠습니다."

"나가자. 나도 지금 퇴근하는 길이야."

선생님 뒤를 따라 계단을 내려가는데 기분이 참 좋더라. 선생님과 함께 걸어 본 게 언제인지 기억이 안 나. 태어나 처음인 것 같기도 하고……. 나를 아끼고 소중히 여기는 선생님 마음이 느껴졌어. 공부는 지지리 못하고 말썽만 피우면서도 학교에 내야 할 돈은 가장 늦게 내는 골치 아픈 아이 취급만 받던 내가 이런 대접을 받다니 어색해. 이렇게 선생님이랑 함께 걷는 건 모범생이나 잘사는 집 아이들이 받는 특별 대접인데 내가 이런 대접을 받으니 걸음걸이가 조심스러우면서도 행복해.

"너, 공부는 왜 시작했냐? 뭐 하려고 그렇게 독하게 해?"

"제가요? 제가 공부를 독하게 해요?"

"독한 게 아니면? 구구단도 모르고 영어 알파벳도 모르던 너 아니냐? 성적이 요즘처럼 나오는 거 어려운 거야. 장하다."

선생님은 내 어깨를 꽉 잡아 주며 말했어.

"공부 어떻게 하나?"

"집에서는 거의 못 해요. 버스 안에서 하고 걸어 다니며 하고 공장에서 틈틈이 하고 그래요. 요즘엔 못 가지만 일요일에는 도서관 가서 했어요."

"아무나 그렇게 하는 거 아니야. 목표가 뭐니?"

"……."

"살살 해. 몸 망가지면 안 된다. 공장 다니며 공부하는 너 같은 아이들 보면 걱정되는 게 뭔지 아냐? 사고야. 공장에서 일하다 손가락, 손목 잘리는 거 여러 번 봤어. 더 큰일이 나기도 하고. 우리 학원 다니던 아이도 지난해 안 좋은 일이 있었다."

"무슨 일인데요?"

"죽었어."

"네에? 어쩌다?"

"그냥 그런 일도 일어날 수 있다는 거만 알아 둬. 조심하란 말이야. 다 살자고 하는 거다. 제대로 사람 구실 하며 살자고 공부하는 거라고. 어떻게 사는 게 잘 사는 건지는 더 생각해 봐야 하지

만……. 아무튼 조심해라. 알겠냐? 부모님께 오늘 있었던 일 말
쏨드리고 웬만하면 병원에 가 봐라."

"네, 선생님. 고맙습니다."

"난 여기서 버스 탄다. 넌?"

"저는 영등포 시장 건너편에서 타요."

"그래, 조심히 가거라."

선생님과 헤어져 집으로 갔지. 이날만은 버스 안에서 공부를
하지 않았어. 그런데 집에 가서 오늘 학원에서 있던 일을 그대로
다 말씀드려야 할지 말아야 할지 걱정이야. 부모님 걱정이 클 텐
데……. 고단해서, 주말마다 야근해서 그런 게 분명하다는 생각이
들어.

저녁 먹으며 엄마에게 눈이 잘 안 보인다고 말했어. 조금 어지럽
기도 하고 속이 울렁거리기도 해서 학원 양호실에서 잠깐 누워 있
었다고 말씀 드렸지. 쓰러졌다는 말은 꺼내지도 않았어.

그다음 날부터 난 소 간과 지라(비장)를 먹어야 했어. 아버지는
아무래도 영양부족으로 빈혈이 온 거 같다며 간이랑 지라를 아는
정육점에서 사 왔어. 방 안에 석유 곤로를 피워 놓고 프라이팬을
얹은 뒤 간과 지라를 겉만 살짝 익혀서 참기름에 찍어 먹게 했지.
비릿하고 느글거려 못 먹겠다고 하면 아버지는 이런 말을 하셨어.

"사람은 말이다, 강단이 있어야 해, 강단이. 힘들 땐 뭐든지 먹고
힘을 내야 하는 거여. 살아남아야 해. 이를 악 물고 먹어. 어떤 일
이 있이도 쓰러지면 안 된나!"

아버지가 챙겨 주는 대로 다 먹었어. 그야말로 이를 악물고 토할 것 같은 속을 달래며 먹었지. 그런데 신기하게도 그 뒤로는 눈앞이 어질어질하고 안 보이는 일은 일어나지 않았어. 걸으며 공부하고 버스 안에서 공부하는 일은 계속 이어졌지.

올겨울 들어 눈 한 번 제대로 내리지 않더니 오늘은 하늘이 낮고 바람이 축축한 게 곧 눈이 내릴 거 같네. 수출할 물건 선적을 어제 마무리해 오늘은 공장 일이 한가할 거야. 선적 날짜 맞추는 데 온 신경을 다 쓰느라 그동안 바빴지만 앞으로 며칠 동안은 공장 정리하면서 재고 조사하는 게 일이야. 수리해야 할 곳 찾아 수리하고 지저분한 데는 청소도 하고. 그래서 그런지 출근하는 발걸음이 가볍네.

버스에서 내려 걸어가고 있는데 함박눈이 쏟아지기 시작해. 추운 날 바람도 없이 차분하게 내리는 걸 보니 지금처럼 눈이 계속 내리면 엄청 쌓이게 생겼어. 걸으면서 띄엄띄엄 눈을 털었건만 공장에 도착해 거울을 보니 머리에 눈이 허옇게 쌓여 있네.

"날이 춥지? 이리 와 유자차 한잔해라."

공장장이 주전자 뚜껑 위에 얹어 놓아 따뜻해진 컵을 내 손에 쥐어 주며 말했어. 연탄 화덕 위에서 김을 내뿜으며 펄펄 끓고 있는 주전자 물을 컵에 따르는데 유자 향이 공장 안에 가득 퍼져.

"어제 어머니가 오셨어. 집에서 담갔다고 유자차를 가져왔길래 좀 덜어 왔다."

"얼른 옷 갈아입고 올게요. 아직 아저씨들은 안 오셨나 봐요?"

"기계도 안 돌리고 청소만 하면 돼서 천천히 오라고 했다. 식을라, 차 먼저 마셔."

따뜻한 연탄 화덕 옆에서 유자차 한 모금 넘기니 마치 딴 세상에 와 있는 것 같아. 그새 눈이 쌓여 온통 하얗고 모처럼 공장이 조용하니 편안하고 여유로워. 공장장과 나는 끝없이 내리는 함박눈을 한동안 말없이 바라봤지.

"관의야!"

"네, 공장장님!"

"너 언제까지 공장 다닐 거냐?"

"그게 무슨 말씀이세요?"

"너는 왠지 공장에 오래 다닐 것 같지 않아 보여. 곧 떠날 거라는 생각이 든다."

"아저씨, 제 인생 목표가 몇 개 있는데, 그중 하나가 뭔지 아세요?"

"뭔데?"

"전 직장에 들어가면 오래오래 다니는 게 꿈이에요. 아버지처럼 불안하게 사는 게 싫어요. 어떤 일이든 시작하면 십 년은 버틴다. 이게 꿈이에요. 꿈이 작지요?"

"아버지는 건축 일 하시잖냐? 그게 싫어?"

"일정하지가 않아요. 가끔 건축비를 못 받아 빚더미에 올라앉기도 하고 돈 받을 사람들이 집에 몰려와 싸움질하고……. 그게 싫어요. 끔찍하게 싫어요. 그래서 전 사업 하고 싶지 않아요."

"그 맘 알겠다."

"전 직장 옮기지 않아요."

"오늘 아침에 아내랑 네 이야기했어. 네가 공부를 어찌나 열심히 하는지 딴사람이 됐다고 하니 집사람이 정말 좋아하더라. 그러면서 너는 여기 있을 사람이 아니라는 거야."

"공장에서 일할 사람이 따로 있어요? 전 먹고살 수 있다면 도둑질 아니고서야 뭐든지 해요. 빨가벗고 길거리를 돌아다녀야 하면 그렇게 하고 바보짓 하라면 하고, 다 할 수 있어요. 남한테 못 할 짓만 아니면……."

"네 나이에 그런 생각하는 게 쉽지 않아. 그렇지 않아도 아내가 넌 독해서 하늘이 무너져도 처자식 굶기는 일은 없을 거라고 말하더라."

"……."

"공부를 왜 하냐? 판사가 된다든지, 의사가 된다든지 뭔가 이유가 있을 거 아니냐?"

그래, 맞아. 난 그냥 공부를 해야 하니까 너무 하고 싶어서 했지, 목표 세우고 뭔가 의식하면서 공부를 하지는 않은 거야. 뭐 하려고 그렇게 독하게 공부하냐고 하던 과학 선생님 말이 떠올라 공장장에게 물었지.

"공장장님! 제가 공부를 독하게 하는 것처럼 보여요?"

"그래. 엄청 열심히 해. 보기 좋다."

눈이 많이 와 공장에 들어오기로 한 염산, 구리 용액, 고철 들이 하나도 못 들어왔어. 창고 정리하고 건조실 수리하면서 하루를 보냈지. 모처럼 한가하고 여유로운 하루였어. 공장장은 할 일도 없고 하니 일찌감치 학원에 가라고 날 보내 줬어. 덕분에 다른 날보다 한 시간이나 일찍 공장을 나섰지.

다른 날 같으면 버스 정류장 뒤 경인고속도로에 온갖 차들이 바쁘게 오가련만 폭설이 내려 체인 감은 차들만 가끔 설설 기며 오갈 뿐 한가해. 문제는 고속도로만 그런 게 아니라 내가 타고 가야 할 버스도 안 온다는 거야. 다른 날보다 몇 배를 기다려도 안 나타나더니 마침내 버스가 천천히 오는 게 보여.

'이렇게 오랜만에 오니 앉아 가기는 날 샜다.' 하며 버스를 보니 어라, 생각과 달리 텅텅 비었어. 퇴근 시간이 되려면 아직 더 있어야 하고 눈이 많이 와서 그런가 봐. 눈이 미끄러워 그런지 버스는 내가 서 있는 버스 정류장 자리를 한참 지나 섰어. 할 수 없이 미끄러운 눈길을 뛰어서 버스 있는 데로 달려갔지.

"빨리 타요."

버스에 발 하나를 올리고 막 다른 쪽 발을 드는 순간 버스가 움직였어. 버스 계단 손잡이를 잡기도 전에 버스가 움직이자 나는 그만 균형을 잃고 길바닥으로 나뒹굴고 말았지. 책가방은 길옆 마른 도랑으로 날아가고 난 맥없이 뒤로 벌렁 나자빠진 거야. 그 순간에도 버스 뒷바퀴에 치이면 죽는다는 생각에 몸을 도랑 쪽으로 잽싸게 굴렸어. 그러고는 꼼짝달싹 못 한 채 그대로 눈 위에 눕고 말았지. 뒤통수가 깨져 나간 것처럼 아프고 어지러워 꼼짝도 못 하고 있는데 버스 손님 몇이 내려와 나를 일으켜 세워 줘. 눈을 털어 주는 데 버스 기사가 신경질 내며 말했어.

"괜찮냐? 야! 그러니까 조심해서 올라와야지."

그때 아주머니 한 분이 소리를 질렀어.

"운전수 양반! 그걸 말이라고 해. 당신이 급하게 몰았잖아."

"누가 그랬다고 그래요. 애가 손잡이를 안 잡아 그렇지."

어른들은 내 얼굴을 만져 보고 눈을 자세히 살피기도 했어.

"괜찮겠니? 병원에 가야 하는 거 아니냐?"

머리가 아픈 것도 좀 가라앉았고 무엇보다 바닥이 차 몸을 일으켰어. 아까 운전수한테 소리 지르던 아주머니는 도랑에 팽개쳐져 있는 책가방을 챙겨 손에 쥐어 줬어.

"공부하러 가는 길이냐?"

"네."

"일어서서 걸어 봐라."

뒤통수랑 팔꿈치가 아픈 걸 빼고 별로 불편한 걸 모르겠더라.

"얼른 떠나게 올라타요."

나 때문에 내렸던 사람들 모두 버스에 올라탔고 버스는 가던 길을 계속 갔지. 가는 내내 뭔가 몸이 불편하기는 했지만 넘어져서 그러려니 했어. 그런데 다음 날부터 허리가 아프기 시작하네. 물건을 들려고 허리를 굽히면 아프고 자려고 누워도 쑤시고 나중에는 몸을 가누기조차 힘들어. 결국 공장과 학원을 일주일 쉬고 말았어.

허리가 아파 쉬다가 공장에 나가기 시작한 지 며칠 지난 어느 날이야. 공장 일이 바쁘지 않아 일찌감치 퇴근해 학원 빈 교실에서 공부하고 있는데 옆에 있던 여학생이 말을 걸어.

"허리 많이 아파요?"

"……."

설마 나한테 말 거는 거라고 꿈에도 생각 못 하고 쳐다보지도 않은 채 공부를 했지.

"관의 씨, 허리 다쳤다면서요?"

"아? 네……. 조금 아프긴 한데 그냥 괜찮아요."

그러고 보니 지난번 과학 시간에 내가 의식을 잃고 책상 위에 엎어질 때 옆에 있던 바로 그 여학생이야.

"우리 아버지도 허리 아파서 고생 많이 하고 있는데…….."

내가 물어본 것도 아닌데 그 여학생은 계속 말을 이어 갔어. 난 해야 할 공부가 많아서 마음은 급하고 이렇게 일찍 온 날은 공부를 더 해야 한다는 생각에 아무런 대꾸도 안 하고 계속 공부만 했지. 그래서 그런지 한두 번 더 말을 걸더니 그만두고 자기도 공부를 하더라.

학원 공부를 다 마치고 집에 가려고 가방을 챙기는데 그 여학생이 내게 뭘 내미는 거야.

"배고플 텐데 이거 먹어요."

우유와 크림빵을 내 책상 앞으로 슬쩍 밀어 놓네.

"난 집에 밥해 줄 사람도 없고 가려면 멀어요. 배가 너무 고파 사는 길에 하나 더 샀어요."

나는 가방 싸던 동작을 멈추고 우유와 빵을 건넨 그 여학생을 쳐다봤지.

"난 안 먹어도 돼요. 집에 가면 어머니가 밥해 놓고 기다려요."

여학생은 빵을 들어 아예 내 손에 쥐어 줘.

"그냥 먹어 둬요. 이거 먹는다고 밥 못 먹지 않아요. 사람 성의가 있는 거지."

더 이상 뭐라 토 달 엄두도 못 내고 빵을 한입 베어 무는 동안 그 여학생은 토라진 얼굴로 우유에 빨대까지 꽂아서 건네주는 거야. 그러고 있는 사이에 교실에 있던 사람들은 다 나가고 나랑 그 여학생 둘만 남았어. 순간 마음이 이상해. 지금까지 한 번도 느껴 보지 못한 낯선 감정이 올라오고 가슴이 두근거려. 빵과 우유를 손에 쥐어 줄 때 내 손에 와 닿은 여학생의 부드러운 손길과 곁에서 말하는 동안 은은하게 퍼져 오는 풋풋한 화장품 냄새가 싫지 않았어.

"지난번에는 눈이 안 보인다고 그러더니 요즘은 허리가 아파요? 눈은 괜찮고?"

"……."

초등학교를 졸업한 뒤로 여학생과 단둘이서 이야기를 나누어 보는 건 이날이 처음이라 대꾸도 못 하고 있는데 그 여학생은 아주 자연스러워. 목소리에는 힘이 넘치고 거침이 없네.

"아니, 사람이 물어보면 대답을 해야지 그냥 있어요?"

"아, 네. 그게, 눈은 잘 보여요. 괜찮아요. 허리는 버스 타다가 다

쳐서 그런 거예요."

"조심해요. 우리 부모님이 없는 사람은 몸으로 먹고사는 거라고 그랬어요. 그런데 없는 사람은 이상하게 몸마저 자꾸 아프대요."

말하다 끊어지고 다시 말하고 그러다 보니 빵과 우유를 다 먹었어. 그 여학생은 내가 갖고 있는 빵 껍질과 빈 우유 곽을 낚아채듯 가져가더니 가방을 챙겨 들고 교실을 나갔어.

거침없고 꾸밈없는 모습을 보니 우습기도 하고, 나에게 관심 갖고 지켜보며 생각해 주는 마음이 고맙기도 했어. 알고 지낸 지 오래된 사이 같은 느낌도 드네. 학원에서 남자아이들과 말 한마디 살갑게 해 본 적 없는 나로서는 아픈 것까지 하나하나 기억하고 걱정해 주는 이 여학생이 싫지 않았어. 싫지 않은 게 아니라 같이 오래 함께 있고 싶다는 마음이 들었지.

"가요."

여학생은 앞장서 걸었어. 둘이 나란히 계단을 내려가는데 남들이 보면 우리 둘이 사귀는 줄 알겠어. 싫지 않으면서도 함께 걷는 것 자체가 부담스러워. 무슨 말을 해야 할지 궁리를 해도 아무 생각이 안 나는데 그 여학생은 쉬지 않고 말을 걸어.

"얼마나 공부를 하면 눈이 안 보이기까지 해요?"

"공부 그렇게 열심히 안 해요. 할 시간이 없어서 하고 싶어도 못 해요."

"공장에 다닌다면서요? 뭐 만드는 공장에 다녀요? 멀어요?"

"청화동 만드는 공장인데요, 좀 멀어요. 인천에 있어요."

학원 건물 계단을 내려오더니 몸을 내게로 틀면서 말을 거는데 그만 그 아이 얼굴이 내 얼굴 앞에 바싹 다가와 있는 거야. 화장품 향기가 나.

"청화동이 어디에 쓰이는 건데요?"

"도금 원료예요."

오래 사귄 연인처럼 내 곁에 바싹 붙어 걸으면서 살짝살짝 스치는 몸짓에 마음이 쓰이고 말할 때마다 움직이는 입술에 자꾸 내 눈길이 가는 게 당황스러웠어.

"으이그 답답해."

그러더니 여학생은 손으로 내 어깨를 툭툭 쳐.

"이봐요. 무슨 남자가 이렇게 말 주변머리가 없을까."

난 멀뚱멀뚱 그 아이 얼굴을 내려다봤어. 순간 눈이 마주쳤지. 통통한 얼굴에 부드러운 인상 그리고 거침없이 무슨 말이든지 솔직하게 쏟아 내는 입. 생글생글 웃으며 짓궂은 표정을 지었어.

"듣는 사람 생각 좀 하면서 말해요. 도금이 뭔지 내가 알 거 같아요? 아휴 답답해."

"겉은 스텐처럼 생겼는데 스텐이 아니라 철인 게 있어요. 철에다가 니켈 도금한 건데요, 그 니켈 도금하기 전에 다른 도금을 먼저 해야 해요. 그게 바로 청화동 도금이라고 해요. 니켈 도금이 벗겨지면 누런 구리 빛이 나는데요, 그게 청화동 도금이에요. 구리로 만든 거라 청화동은 비싸요."

이런저런 이야기를 나누며 버스 타는 데까지 왔어. 그 여학생은 신월동 쪽이 집이라 내가 타는 버스 정류장 맞은편인 영등포 시장 쪽에서 버스를 타야 했지.

"내 이름 알아요?"

"......"

"그럴 줄 알았다니까. 엄혜숙이에요. 1961년생. 관의 씨는?"

"저도 1961년생 소띠."

"어머! 동갑이네. 말 놔도 되겠네. 맨날 무게 잡고 심각한 얼굴로 공부만 하고 있길래 나보다 몇 살 위인 줄 알았지. 오빠 줄 알았다니까."

나 참, 내가 언제 존댓말 쓰라고 한 적도 없고 관심 가지라고 말한 적도 없건만 혼자 존대하다 말 놓다가 하는 거야. '왈가닥도 저런 왈가닥이 있나. 완전히 말괄량이구만.' 하는 생각이 들면서도 귀여워.

"갑자기 말 놓기가 그렇네. 동갑내기 동무 만난 기념으로 우리 악수나 하자. "

나는 어정쩡 손을 내미는데 혜숙이는 다가와서 거침없이 내 손을 꽉 잡았어.

"이제 말 놓는다. 관의 씨, 아니 너도 말 놔 봐."

"아, 네…… 아니지, 응. 그래. 혜숙아!"

"내일 만나자. 관의야, 잘 가."

손을 흔들며 밝은 표정으로 인사를 한 뒤 타고 가야 할 버스가 왔다며 뛰어가. 버스에 타서도 나를 바라보고 환하게 웃으면서 손을 흔들어. 나는 고개를 숙여 인사를 했지. 집에 가며 혜숙이 생각을 했어. 그 뒤로 혜숙이가 자꾸 떠올라.

누군가와 맥 놓고 이야기하며 지낸 게 얼마나 되었나 생각해 봤어. 동무랑 군것질해 본 지도 오래되었어. 그러고 보니 혜숙이가 사 준 우유와 빵이 석 달 다니다 그만둔 중학교 시절 아이들과 군것질해 본 뒤로 처음 한 군것질이 되네. 학원에 다닌 지 석 달이 넘었지만 같은 반에 있는 아이들과 말을 섞은 적도 거의 없었거든. 말이 학원에 다니는 거지 난 여기서도 산속 외딴집에서 살듯이, 낯선 동네 성환 이발소에서 일하듯이, 손수레를 끌고 채소 장사하듯이 늘 혼자 있었다는 걸 깨달았어. 검정고시 학원에서도 난 외로이 떨어져 지낸 거야.

하지만 난 외로움이나 혼자 있다는 걸 느낄 만한 겨를이 없었어. 이제 시험은 석 달도 안 남았고 꼭 합격해야만 하는 시험이기 때문에 다른 데 마음을 두거나 눈길을 줄 여유가 없었지. 꼭 누구와 이야기를 나눌 시간이 없어서가 아니라 다른 사람에게 마음을 열고 다가설 만한 마음의 여유가 내게는 없었어. 그 뒤로 혜숙이가 내게 말을 걸어 와도 그냥 형식적으로 마지못해 대답할 뿐 하던 공부에 다시 눈길을 돌렸지.

그러던 어느 날 학원에서 국어 수업이 끝났을 때 국어 선생님이 내게 다가오셨어. 선생님은 사십 대 중반의 여자 선생님이야.

"관의야! 오늘 집에 갈 때 약속 있니?"

"아니요, 없어요."

"그래? 그러면 맛있는 거 먹으러 갈래? 내가 아는 빵집이 있는데 빵이 아주 맛있어."

"네?"

나는 놀랐어. 국어 선생님을 좋아하고 있기는 했지만 이렇게 선생님이 내게 빵을 사 주신다는 건 감히 상상도 못 하는 엄청난 일이었지. 그러마고, 당연히 가겠다고 말씀을 드렸고 그날 학원 수업이 끝나는 대로 교무실로 갔지.

교무실에 막 들어서려는데 국어 선생님이 혜숙이와 함께 나오는 거야.

"가자. 우리 학원 건물 일 층에 있는 빵집 빵이 아주 맛있어. 혜숙이도 함께 가도 되지?"

안 된다고 말할 까닭이 없지. 같은 반이기도 하고 어느 정도 말도 주고받은 사이라 아주 어색하지도 않고.

"관의 너는 부모님이 서울에서 같이 산다고?"

"네."

"혜숙이는?"

"부모님 모두 강원도 영월에 사세요. 산골에서 농사지으세요."

"혜숙이 너는 맏이지?"

"네, 맏딸이에요."

"널 보면 맏이 냄새가 나. 그러면 자취하면서 낮에는 공장 다니고 밤에는 여기서 공부하고? 고생 많다. 관의 너는?"

"저도 비슷해요. 공장에서 돈 벌어 집에 가져가고 학원비 타다

썼요. 저는 다섯 가운데 넷째예요."

이날 나는 태어나 처음으로 그냥 찐빵이 아니라 '베이커리'라고 하는 고급 빵집에 들어가 봤어. 선생님이 먹고 싶은 빵을 고르라고 했지만 내가 아는 거라고는 크림빵이나 단팥빵이 전부야. 뭘 알아야 고르지. 그냥 선생님이 골라 주는 대로 접시에 쌓아 놓고 먹으면서 이야기를 나누었어. 선생님은 우리랑 같이 있다가 빵 값을 계산한 뒤 먼저 가셨지. 나랑 혜숙이 둘만 남은 거야.

"요즘 공부 잘돼?"

"으응, 그렇지 뭐."

"으이그, 무슨 남자애가 화끈하게 말도 못하고 맨날 왜 그렇게 뜨뜻미지근하냐?"

"혼자 살아 버릇해서 내가 좀 그래."

"너랑 나랑 비슷한 게 많네. 공장 다니는 것도 그렇고 맏이 노릇하는 것도 그렇고. 우리 친하게 지내자. 공부하다 모르는 거 있으면 서로 가르쳐 주고. 어때 괜찮지?"

나야 뭐 할 말이 있어야지. 그러마고 했지. 나는 머뭇거리고 주춤거리는 반면 혜숙이는 괄괄하고 씩씩해서 그 뒤로도 학원에서 나에게 공부도 자주 물어보고 떡볶이를 먹거나 군것질을 하러 가자고 했지만 난 잘 가지 않았어.

나중에 안 일인데 혜숙이는 내게 좋은 감정을 갖고 있었고 내게 다가와 자꾸 말을 걸었지만 무뚝뚝하게 형식적으로만 대하는 날 보며 속이 탄 거야. 혼자 가슴앓이를 하며 견디다 너무 힘드니까 국어 선생님에게 상담을 한 거지.

열일곱 살 여자아이가 부모형제 다 떠나 공장 생활하며 공부하
는 게 얼마나 힘들고 외로울까 하는 마음에 국어 선생님은 나와 혜
숙이를 이어 주려 했고, 나랑 혜숙이가 함께 할 자리를 만들어 주
느라 일부러 빵집에 가자고 한 거야.

그 뒤로도 학원에서 공부를 하는 내내 혜숙이는 내 옆에 앉기도
하고 먹을 걸 챙겨 주기도 하며 내 곁 가까이 머물렀지만 난 별다
른 반응도 보이질 않았어.

스케이트 이까짓 거!

"속이 안 좋냐?"

"왜요?"

"자꾸 배를 문지르는 게 암만 혀도 속이 뭣한가 보다."

"좀 더부룩하고 답답해서 그래요. 괜찮아요, 이러다 말 거예요."

"그게 그런 게 아녀. 어째 요즘 밥도 덜 먹는 게 아무래도 안 되겠다. 니 노는 날 침이라도 맞자."

아침밥 먹고 출근하는 나를 골목 어귀까지 배웅하던 엄마는 내 등에 묻은 먼지라도 터는지 토닥거리고 옷매무새를 다듬어 주며 말을 이어 갔어.

"라면 땜에 그런 거여. 반찬 싸 줄 테니 밥해 먹어라. 귀찮아도 밥이 최고여."

"알았어요. 잘 챙겨 먹을 테니 걱정 마요."

가볍게 대답하고 출근길 발걸음을 재촉했지만 그 순간에도 속이 더부룩하고 답답한 게 영 힘들어. 손가락으로 명치를 누르면 아프지만 누르고 나면 속이 좀 편안해지는 것 같아 나도 모르게 자꾸 명치를 손바닥으로 문질렀지.

시내버스에서 내려 영등포 시장 골목길을 걷는데 그날따라 운동용품 파는 가게에 매달려 있는 스케이트가 눈에 들어와. 시골에서 썰매 타던 게 생각나네. 잘사는 집 아이들이 스케이트 타는 걸 보며 부러워하던 게 떠올랐어.

시외버스를 타고 인천에 내리니 바람이 어찌나 매섭게 부는지 장갑 낀 손으로 귓불을 감싸 쥐고 걷는데도 귀가 떨어져 나가는 것 같아. 바람 피하느라 고개 숙이고 걷다 보니 어느새 공장 앞 넓은 논 있는 데까지 왔어. 춥기는 어지간히 추운지 저수지처럼 물이 가득했던 논이 꽝꽝 얼었네. 인천 바다 바람에 귓불이 떨어져 나가는 것처럼 아프지만 얼음판 위에 올라섰어. 얼음이 제대로 얼었네. 순간 '스케이트 타면 좋겠다.' 하는 생각이 들면서 요즘 배가 자꾸 아픈 게 운동이 부족해 그럴 수도 있겠다 싶어. 당장이라도 스케이트만 있으면 탈 수 있겠다는 생각이 들어.

그날 공장 어른들한테 중고 스케이트를 싸게 사려면 어떻게 해야 하는지 물어봤어. 동대문운동장 근처에 가면 운동에 필요한 물건은 다 살 수 있다네. 스케이트도 헌것부터 새것까지 온갖 게 다 있다는 거야. 날마다 집, 공장, 학원을 다람쥐 쳇바퀴 돌 듯 살면서도 스케이트에 한 번 마음이 가고 나니 스케이트가 타고 싶어 못 견디겠어.

그러면서도 마음 한구석에는 그 비싼 스케이트를 사는 게 잘하는 짓인지, 그리고 혼자 잘 탈 수 있을지 걱정이 돼 망설여져. 엄마한테 스케이트 타고 싶다는 말을 꺼낸 뒤에 그만두려고도 했어.

"엄마! 스케이트 타는 거 그만둘래요. 스케이트 살 돈으로 돼지고기 찌개를 하면 우리 식구 실컷 먹을 수 있잖아요. 솔직히 스케이트 탄다고 나한테 무슨 보탬이 되는 것도 아니고."

하지만 이렇게 망설이는 내게 엄마는 단호하게 잘라 말했지.

"망설일 거 없다. 그렇게 타고 싶은데 스케이트 하나 못 살까. 네가 버는 돈 널 위해서도 써야지. 학교는 못 갈 망정 스케이트 하나 못 사? 가자."

결국 엄마랑 동대문운동장에 가서 헌 스케이트를 사 왔고 바로 그다음 날 스케이트를 챙겨 들고 출근했어. 스케이트 담은 주머니를 작업복 거는 데다 걸어 놓았는데 일하면서도 눈길이 가고 스케이트 탈 생각에 점심시간만 기다려졌지. 그날따라 자꾸 시계를 쳐다보게 되더라니까. 마침내 점심시간이 되었어.

서둘러 점심밥을 먹고 스케이트를 들고 공장 문을 나서는데 어제 그렇게 매섭게 몰아치던 바람이 오늘은 잔잔하네. 스케이트를 신으려니 앉을 만한 데가 없어. 할 수 있나. 논두렁에 걸터앉아 스케이트를 신었지. 스케이트 파는 아저씨가 일러 준 대로 발목까지 꽉 묶은 뒤 일어서려는데 이게 마음대로 안 되는 거야.

다른 아이들이 타는 거 보면 일어서서 걷기도 하고 뛰기도 하는데 걷는 건 그만두고 일어서지도 못하겠어. 논두렁을 잡고 일어서려면 벌러덩하고 나자빠지고 다시 얼음판을 두 손으로 짚고 서려면 발이 뒤로 밀려서 그대로 배를 깔고 엎어지고……. 일어서는 걸 포기하고 논두렁에 털썩 주저앉아 머리를 굴렸어.

'남들이 타는 거 보면 쉬워 보이던데 이거 보통 아니네. 기껏 돈 들여 샀는데 여기서 포기하는 건 말도 안 되지. 여기저기 스케이트 탄다고 떠벌린 것도 있고 남들이 다 타는 걸 나라고 못 탈 거 없잖아? 아니야. 남들이 타는 게 쉬워 보여도 그게 아닐 수 있어. 엄마가 그랬어. 세상살이 가운데 쉬운 건 하나도 없고, 쉬워 보여도 막상 내가 하려면 다 힘들고 어렵고 고비가 있는 거라고. 오냐, 스케이트 이까짓 거 넘어지고 자빠지기 백 번, 천 번 하면 못 타겠나. 뒤로 자빠져 뇌진탕만 안 걸리면 되는 거지.'

이런 생각을 하며 왜 자꾸 자빠질까 머리를 굴려 보니 일어서자마자 얼음판을 지쳐 앞으로 나가려 욕심내기 때문에 그런 것 같더라고. 그렇다면 아이가 걸음마 배울 때처럼 천천히 엉금엉금 기기까지는 아니더라도 걸음마부터 하고 그다음에 걷고 그러면 되겠다 싶어. 논두렁을 한 손으로 짚고 조심조심 일어섰어. 비록 논두렁에 한 손을 걸치고 있지만 어쨌든 일어선 거야. 그대로 한 걸음 한 걸음 앞으로 걷기 시작했지. 십여 미터나 갔을까 발목이 아프고 허리가 끊어지는 것 같아 더 이상 걷지 못하고 그대로 논두렁에 기대앉았어.

'일단 걷자.'

오늘은 제대로 걷기만 해도 된다는 마음으로 다시 일어섰어. 논두렁을 한 손으로 짚고 허리를 조금 더 펴 보려 하니 논두렁이 낮아 펴지질 않네. 논두렁을 짚고 있는 손을 놓으려니 무서워서 안 되겠더라. 에라 모르겠다 하고는 그대로 논두렁을 짚은 채 허리가 끊어질 듯 아픈 걸 참고 걸었어. 그야말로 이를 악물고 걸었지. 그 넓은 논을 한 바퀴쯤 돌았을까 발밑으로 땀이 뚝뚝 떨어지기 시작하네. 등과 머리에서는 김이 무럭무럭 올라와. 입으로는 거칠게 숨을 몰아쉬면서도 쉬지 않고 걸었어. 그 순간 이런 생각이 떠오르면서 오기가 나네.

'야 인마! 너 이제 열일곱이야. 다른 아이들은 학교 다니며 온갖 운동을 다 했지만 넌 아니잖아. 잘 못하는 게 당연하지. 이제 겨우 스케이트 하나 배우는데 여기서 힘들다고 쉬면 안 되지. 참고 가자. 다른 아이들이 십 미터 가고 쉬면 너는 그 몇 배를 가고 쉬어도 그 아이들을 따라갈 수 없어. 넌 어차피 그렇게 살게 되어 있다고. 열일곱에 중학교 과정 공부를 하는 거나 지금 스케이트 배우는 거나 같은 거야. 공부도 네 힘으로 해야 하듯 스케이트도 혼자 외롭게 해 나가야 해. 네가 혼자 깨우쳐야 한다고. 설마 스케이트 타다 죽기야 할라고. 쉬지 말고 걷자.'

논두렁에 의지하느라 숙이고 걷다 보니 허리가 너무 아파 나도 모르게 허리를 폈지. 논두렁을 짚지 않고 스케이트 날을 세운 채 서는 게 되네. 그대로 한 걸음 옮겨 봤어. 두 걸음, 세 걸음…… 논두렁에 의지하지 않고 논을 한 바퀴 걸었어. 나도 모르게 소리를 질렀지.

"된다! 된다! 혼자 걸을 수 있다. 아싸!"

누군가 내 꼴을 봤다면 제정신이 아니라고 했을 거야. 조금 전까지만 해도 허리가 아파 당장 주저앉아 쉬고 싶은 마음 간절했던 걸 까마득히 잊은 채 땀을 비 오듯 흘리며 계속 걸었어. 그러다 걷는 게 익숙해졌다 싶을 때 아픈 허리를 펴 몸을 세우며 잠깐 숨을 고르는 순간, 벌러덩 뒤로 나뒹굴고 말았지.

"억!"

그야말로 순식간에 벌어진 일이야. 무방비 상태로 두 다리가 공중으로 붕 뜨면서 뒤통수를 얼음판에 그대로 부닥치고 말았지. 한참 동안 일어나지 못했어. 온몸에 힘이 빠지고 아무런 기운이 없어서 발끝 하나 손끝 하나 움직일 수가 없네. 얼마나 그러고 있었을까. 문득 이러고 있다가는 죽지 싶어 하늘을 바라보고 있던 몸을 뒤채 엉금엉금 기어 논두렁으로 나왔어. 등이 찬 게 문제가 아니라 몸에 힘이 하나도 없어. 지난번에 버스 타다 넘어진 뒤 아프던 허리도 걱정돼. 다만 안심이 되는 건 스케이트를 어떻게 샀고 내가 왜 지금 여기에 있는지 기억이 나네. 머리는 정상이야.

머리가 아프고 몸에 기운도 없지만 죽지는 않을 거고 몸을 움직이는 데도 별 어려움 없을 거란 생각이 들자 쉬고 싶어서 그대로 그냥 누운 채 겨울 하늘을 바라봤어. 구름 한 점 없는 푸른 하늘에는 차가운 겨울 해가 떠 있고 억새와 갈참나무 잎사귀 바스락거리는 소리만 들릴 뿐이야. 바싹 마른 논두렁 풀에서는 구수한 풀 냄새가 나고 얼음판 위로 비추는 햇빛이 반사되어 사방으로 흩어지는데 문득 떠나온 시골 생각이 나. 지금쯤이면 날마다 산에 나무하러 다닐 때야. 한가할 때는 얼음 깨고 미꾸라지나 물고기를 잡기도 하고 눈이 온 뒤에는 산토끼 몰이하러 간다고 나서기도 해. 이제는 식구들이 모두 서울로 떠나와 우리 집은 폐허가 됐겠지.

몸을 일으켜 세워 앉았어. 혹시 머리가 깨졌나 싶어 손으로 뒤통수를 만져 보니 다행히 피가 묻어나지는 않아. 아직도 머리가 띵하고 멍해. 길옆에 있는 염산 공장 직원들 움직임을 보니 아직 점심시간이 끝나려면 조금 더 있어야겠기에 다시 얼음판 위에 올라서서 혼자 중얼거렸어.

"야! 건방 떨지 마. 몸을 뒤로 젖히면 나뒹구는 거야 당연한 거 아냐. 스케이트 선수들이 몸을 뒤로 젖히든? 앞으로 숙이고 손은 앞뒤로 움직이면서 타는 거 봤잖아."

허리를 숙이고 천천히 걷기 시작했지. 천천히 아주 천천히. 몇 바퀴고 걸을 수 있을 만큼 걷고 있는데 염산 공장 직원들 움직임을 보니 점심시간이 끝났어. 스케이트를 벗어 들고 일어섰어. 걸을 수 있을 정도는 되었으니까 오늘은 일단 성공이야.

내일은 일요일, 나 혼자 낮 근무하고 밤샘까지 하는 날이야. 내일도 쉴 때 스케이트를 타겠다고 마음먹었어. 학원에 가려고 준비하고 있는데 공장장이 나를 부르더니 내일 아침 출근할 때 사장님 집에 들르라는 거야. 내게 전해 줄 게 있다고 아주머니가 전화를 주셨다네. '일요일에 근무한다고 반찬을 챙겨 주시려나.' 하며 퇴근했지.

스케이트를 타느라 안 쓰던 근육을 써서 발목과 허리가 아프고 몸이 무지근하네. 그날은 몸이 뻐근하고 다리도 후들거렸지만 다른 날과 달리 내 몸과 마음에는 밝은 기운이 돌아 공부가 잘됐어.

다음 날 아침 출근길에 사장님 집에 들렀더니 아주머니가 파란색 병을 건네주는 거야.

"이거 갖고 가서 밥 먹기 전에 뚜껑으로 한 잔씩 먹어라. '암포젤 엠'이라고 위장약이야."

"네? 이걸 왜?"

"공장장님이 저번에 사장님한테 이야기하더래. 네가 요즘 자꾸 배가 아파서 힘들어하더라고. 아무래도 공부하랴 공장 일하랴 힘들어서 그런 것 같다고. 친정 쪽 아는 분이 외국 나갔다 들어오면서 사 온 건데 네 생각나서 챙겨 왔다. 아무래도 신경성 위장병이 틀림없어. 위벽 보호하는 약이니까 먹어 봐. 효과 있을 거야."

난 정말 고마워서, 무엇보다 내가 힘들어하는 걸 알아주는 그 마음이 정말 고마워 약병을 든 채 멍하니 아주머니를 바라봤지.

"관의야! 너랑 우리 아들이랑 동갑이라 네가 하는 걸 보면 안쓰럽다가도 장하기도 하고 그래. 몸 상하지 않게 하고, 이거 갖고 가서 밥 먹을 때 찬으로 먹어라. 소고기로 장조림 좀 했어. 국물로 밥 비벼 먹으면 먹을 만할 거야."

아주머니는 반찬 몇 가지를 주섬주섬 챙겨서 담아 주셨어. 위장약은 가방에 넣고 싸 주신 반찬을 챙겨 들고 대문을 나섰지. 아주머니는 엄마처럼 대문 밖까지 나와서 내가 사라지는 모습을 지켜 봐 주셨어. 나는 뒤를 돌아보고 꾸벅 인사를 했어.

그런데 말이야 고맙다는 마음이 들면서도 한옆으로 나 스스로가 좀 서글퍼지는 건 왜일까? 고마워하는 마음 옆에 살짝 솟아나는 이 서글픔과 아픔은 내가 불쌍한 놈이라는, 나는 가난한 집 아들이 라는 자격지심에서 나오는 걸까? 고마운 마음이 들면서도 콧등이 시큰해지는 아픔이 자꾸만 떠오르는 게 싫었어. 이게 자존심인가 싶기도 하고…….

일요일에 쉬지 못하고 출근하는 게 싫지만 좋은 게 몇 가지 있 어. 한가한 버스를 타고 갈 수 있다는 것, 그리고 공장 안에 나 혼자 있어 호젓한 느낌이 드는 거야. 또 하나, 누구 눈치 안 보고 알아서 일하면 된다는 것도.

출근하니 서천 유 씨 아저씨가 옷 갈아입으며 퇴근 준비를 하고 계시더라.

"관의 왔구나. 일요일에도 일하려면 고단할 텐디 쉬엄쉬엄 혀. 그리고 내가 밥을 해 놨으니께 뎁혀 먹어. 냉장고에 내가 가져온 반찬 몇 가지 있다."

"챙겨 주셔서 고마워요, 아저씨."

인사 드린 뒤 아주머니가 챙겨 주신 약병이랑 장조림을 꺼내서 정리했지.

"그게 뭐냐?"

"위장약이에요. 제가 속이 쓰려서 고생하는 걸 알고 아주머니가 챙겨 주시네요."

"그려. 우리 사장님 가족 같은 분들만 있으면 세상 살 만허지. 고마운 분들이여. 월급이 밀리기를 허나 직원들한테 막 대하기를 허나. 못된 인간들 허다헌 게 세상인디. 니 나이 아이들 일 시키면서 돈 제대로 안 주고 막말하는 놈들 여럿 봤다. 아이고, 막말만 허면 양반이여. 마구 때리고 여자아이들헌티는 몹쓸 짓꺼정 하는 짐승 같은 놈들도 여럿 봤지. 니가 이런 양반들 만난 것도 다 니 복이여. 암, 복이고말고."

유 씨 아저씨는 불조심하라는 당부를 몇 번이나 하고 가셨어. 욕심내다가 물건 태우고 불 날 수 있다고 졸리면 꼭 불 끄고 건조대에 있는 물건 다 치우고 자래.

아저씨가 퇴근하자마자 내일 아침 퇴근할 때까지 제품을 몇 개나 만들어야 하는지 머리를 굴리기 시작했어. 어젯밤에 유 씨 아저씨가 만들어 낸 것보다 조금 더 많으면 된다는 생각이 드네. 유 씨 아저씨가 밤새며 생산해 낸 제품 양을 기준으로 삼으면 누가 뭐라 할 수 없겠다는 거지.

사실 공장장과 사장이 서천 유 씨 아저씨가 아저씨 세 분 중에 가장 정성껏 일한다고 생각한다는 걸 알고 있거든. 유 씨 아저씨보다 내가 조금 더 제품을 만들어 내면 어른보다 일 못한다는 소리는 안 들을 거 아냐? 점심때까지 건조실 버너 두 대의 화력을 최대한 높여 물건을 많이 말려서 포장하기로 했어. 그래야 점심시간에 버너를 꺼 놓고 스케이트를 마음껏 탈 수 있지.

그을음이 나지 않을 정도로 버너 화력을 최대한 높여 놓고 작업복으로 갈아입었어. 가방에서 공부할 거리를 꺼내 한옆에 펼쳐 놓고 먼지 빠져나가게 건조실 위에 있는 창을 모두 열어젖혔지. 되도록 환기가 잘되어야 습기가 밖으로 빠져나가 제품이 잘 마르고 해로운 먼지도 덜 먹을 수 있어. 환풍기란 환풍기는 다 틀고 일을 하니 건조실 안이 더운 게 아니라 오히려 춥기까지 하네. 버너 두 대가 윙윙 거리며 불을 내뿜지만 공기는 좋아.

오전 동안 해야 할 공부 양이랑 말려야 할 제품 양을 정해 놓고 나니 일이 재미있고 손놀림이 빨라져. 덩달아 공부도 잘돼. 언제 시간이 흘렀나 싶게 점심시간이 되었어. 점심밥을 먹고 스케이트를 챙겨 건조실을 둘러봤어. 버너 석유 밸브는 제대로 잠겨 있는지, 제품이 탈 위험은 없는지 확인한 뒤 논으로 뛰어갔지. 논두렁 위에 서서 탁 트인 얼음판을 보는 순간 가슴이 시원해지고 힘이 솟아. 건조실 석유 냄새와 먼지 속에서 일하다 밖으로 나오니 콧구멍으로 들어오는 공기가 달고 맛있네.

"오늘 목표는 타는 거다. 스케이트를 살살 밀면서 타는 거야. 알겠냐!"

먼저 걸음마를 시작했어. 허리를 조금 앞으로 숙이고 팔을 스케이트 선수처럼 저으면서 걸어 봤어. 처음에는 좀 불안하더니 반 바퀴쯤 걷자 편안해지더라. 발목이 아픈 것도 익숙해졌어. 어제는 발목이 아프면 내가 뭘 잘못해서 그런가 하고 걱정을 했는데 이제 당연히 아프려니 하면서 여유 있게 걸었어. 그렇게 한 바퀴를 넘어

두 바퀴쯤 걸으니 서서히 옆으로 밀고 싶어지고 밀어도 자빠지지는 않겠다는 느낌이 들더라. 걷는 데 자신감 들면서 걸음이 빨라지자 나도 모르게 스케이트를 옆으로 밀면서 천천히, 아주 천천히 스케이트를 타기 시작했지. 그야말로 스케이트를 신고 걷는 게 아니라 타는 거야.

오른쪽 스케이트를 밖으로 밀면서 왼손 엄지손가락이 코앞을 스치게 하고, 왼발을 밖으로 미는 것과 동시에 오른손 엄지손가락이 코앞을 스치게 하면서 앞으로 밀고 나갔지. 느리게, 아주 느리게 발과 손을 움직였어. 허리는 바짝 더 숙이고. 햐! 이게 웬일이니? 신기하게도 몸이 앞으로 밀려 나가기 시작하는 거야. 자세가 나오네. 스케이트 선수 자세가, 멋진 자세가 나오는 거야. 천천히 아주 천천히 밀면서 앞으로 나갔지. 이제 스케이트를 타는 것 답게 타기 시작했어. 몇 바퀴를 돌고 나니 온몸이 땀범벅이야. 논두렁에 앉아 쉬다가 다시 일어섰지.

이번에는 조금 더 빨리 달려 봤어. 빨라지기 시작하니까 스케이트 날을 밀던 다리를 다시 안으로 잡아당기는 사이에 반대쪽 다리의 스케이트 날에 의지해 가는 거야. 한쪽 다리는 그냥 끌려올 뿐이고 다른 쪽 다리의 스케이트 날에 의지해 달리는 거지. 달릴 만하네.

더 욕심을 냈어. 발을 더 빠르게 움직여서 속력을 내는데 바로 이게 문제였지 뭐야. 빠르게 달리자 몸의 균형이 깨지면서 몸이 흔들리더니 그대로 나동그라지고 말았어. 걷다가 넘어지는 건 그 자리에서 넘어지는데 이건 그게 아니야. 달리던 속도가 있어서 좍 밀리면서 그대로 논두렁에 처박혔지. 그래도 난 멈추지 않았어. 논두렁에 처박히고 빙그르 돌다가 앞으로 *꼬꾸라지는가* 하면 뒤로 벌러덩 나자*빠지기도* 해. 넘어지고 나뒹구는 것도 요령이 생겼는지 처음처럼 큰 충격을 받지는 않더라. 넘어지면 일어나 다시 타기를 되풀이했지.

온몸이 땀에 젖어 지칠 무렵 이제 그만 공장에 가 봐야겠다는 생각이 들어 부랴부랴 건조실로 갔지. 제품은 타지 않고 알맞게 말라 있더라. 다시 석유 버너를 켜서 아궁이에 밀어 넣고 제품을 삽으로 뒤챈 뒤 마른 제품은 포장하기 시작했어. 오전 내내 말린 걸 저울에 달아 포장해 완제품 보관 창고에 가져다 쌓았지. 서둘러 일을 해서 그런지 네 시도 안 되었는데 평소 건조실에서 말리던 제품 양보다 더 많이 말렸어.

스케이트를 타고 와 온몸이 땀범벅이지만 몸에서는 오히려 밝은 기운과 힘이 넘치네. 땀도 닦지 않고 건조대 제품을 뒤채고, 포장하고, 바닥 청소하고, 공부했어. 몸을 움직여 일을 하는 동안에도 머릿속으로는 영어 단어, 과학 공식을 외우고 사회 수업 정리한 내용을 소리 내 읽기도 했어. 문제집 풀고 채점하고 틀린 것 다시 풀고, 일하다 지치면 라디오를 크게 틀어 놓고 노래를 따라 하면서 쉬지 않고 일했어. 저녁도 먹지 않고 밤 열 시까지 일하고 나니까 벌써 유 씨 아저씨가 밤새 생산해 낸 양에 가까워지는 거야. 이제 두 시간 정도만 더 일해도 아저씨가 밤샘 일하면서 생산해 낸 것보다 훨씬 더 많아.

"오냐! 좋다. 이제 밥 먹고 스케이트 타러 가자. 스케이트 타는
동안 제품은 마를 거고 새벽에 한 판만 더 말려 내면 된다. 이제
밥상 차리자."

아침 출근길에 아주머니가 준 위장약을 먼저 먹었지. 버너를 끄
고 제품을 널어놓은 뒤 저녁을 먹었어. 반찬이라고 해 봐야 장조림
과 김치가 전부지만……. 요즘은 속이 쓰려서 아주 급하지 않는 한
라면은 안 먹으려고 애쓰는 중이야. 요란하게 돌아가는 버너 두 대
를 모두 끄고 나니 사방이 고요해. 공장 안에는 오직 나 혼자만 있
고 공장에 있는 기계란 기계는 다 멈춘 상태라 산에서 나뭇잎 바스
락거리는 소리까지 들려.

혼자 먹으니 입맛이 안 도는 걸 억지로 쑤셔 넣고 스케이트를 들
고 일어섰지. 아무도 없는 공장 마당을 걷는데 느닷없이 뒤에서 누
군가 내 뒤통수를 확 낚아챌 것 같은 느낌이 들면서 등골이 오싹해
지는 거야. 나도 모르게 노래가 나오기 시작했지. 성환 이발소에서
일하다 힘들 때면 혼자 부르던 노래야.

"나무야 나무야 겨울 나무야 눈 쌓인 응달에 외로이 서서 아무도
찾지 않는 추운 겨울을 바람따라 휘파람만 불고 있느냐."

노랫소리가 공장 안에 울려 퍼지면서 무서움이 좀 가라앉고 기
분이 좋아지기에 걸음을 멈추고 몸을 한 바퀴 돌려 어두컴컴해 으
슥하기까지한 공장 여기저기를 천천히 둘러보았지. 그러고는 공장
밖으로 나가 논두렁에 올라섰어. 희미한 가로등 불빛 하나가 바람

에 흔들리고 있을 뿐 인기척이라고는 찾아볼 수가 없네. 가까이 있는 염산 공장 굴뚝에서 내뿜는 김만 별빛 점점이 박힌 차가운 겨울 하늘에 흩어지고 있어.

"달밤에 체조한다더니 딱 나를 두고 하는 말이네. 사람들이 날 보면 이상한 놈이라고 하겠지? 깊은 밤에 혼자 스케이트 타는 놈, 넋 빠진 놈."

혼자 중얼거렸어. 낮에 탈 때는 마음이 이렇지는 않았는데 지금은 즐겁지 않아. 즐거운 건 그만두고 비장하기까지 해. 다른 아이들은 동무들과 어울려 장난치고 놀면서 타는데 나는 이게 뭐야? 혼자 무슨 재미로 타. 내가 잘 타도 잘 탄다고 말해 줄 사람이 없고 웃으며 이야기할 사람도 없어. 스케이트 끈을 묶는데 손놀림이 느려. 낮하고는 달라. '그만둘까? 이게 무슨 주책이야.' 하는 생각이 들면서 끈을 묶다 말고 멍하니 불빛 하나 없는 컴컴한 산을 우두커니 바라다봤어.

그래, 내가 학교를 그만둔 뒤로 늘 나는 혼자였지. 시골서 농사지을 때도 내 곁에 동무라고는 단 한 명도 없었어. 이발소에서도 채소 장사 할 때도 지금 여기 공장에서 일할 때도 혼자야. 학원에 다니지만 함께 공부하는 아이들과 친하게 어울린 적도 없고 그럴 시간도 없어. 혼자이지만 난 스케이트가 타고 싶어. 그냥 타고 싶어. 그러면 타야지. 혼자 배워서 타는 거야. 내가 하고 싶은 걸 그냥 해 보는 것뿐이라고. 잘 타고 싶으니까, 얼음판 위를 바람처럼 달리고 싶으니까. 하면 좋잖아. 못 하던 걸 하면 기분이 좋아서 하는 거라고.

스케이트 끈을 바짝 조이고 벌떡 일어섰어.

"달리자! 캄캄한 밤에 혼자 타는 맛도 좋아. 아무나 이런 짓 못
하지. 나니까 하는 거야. 스케이트 타려고 공장 일 허벌나게 했
어. 이제부터 한 시간 동안 신나게 타자. 자! 가자. 넘어지고 자빠
져도 난 스케이트를 탈 거야."

스케이트 선수들 몸놀림을 떠올리면서 가능한 그런 자세가 나오
도록 스케이트를 탔지. 다른 사람이 내 자세를 보고 웃든 말든 그
건 중요하지 않아. 지금 내가 할 수 있는 만큼 할 뿐이고 난 그저
즐거우면 되니까.

자세가 엉망이든 말든 웬만큼 달릴 수는 있는데 문제는 그게 아
니었어. 빠르게 달리는 게 아닌 다른 거야. 그건 바로 멈추는 것. 달
리다가 내가 원할 때 서는 걸 못 하겠더라. 어떻게 하든 빠르게 달
릴 수는 있겠는데 멈출 수가 없어. 설 때마다 논두렁에 처박거나
옆으로 자빠지거나 불안하게 흔들리다가 넘어지니 온몸이 브레이
크야.

혼자 멈추는 방법을 터득해 보려고 온갖 짓을 해 봤지만 그게 안
되더라. 스케이트 날 앞을 붙여 보기도 하고, 반대로 뒤를 붙여 보
기도 하고, 오른발 스케이트 날을 달리는 방향과 수직이 되도록 해
봤지만 새로운 방법으로 자빠지거나 남다르게 나뒹굴기만 할 뿐
멈춰 서질 않네. 멈춰 서는 연습을 어느 정도 하다 공장으로 돌아
왔어.

땀에 젖은 몸으로 공장 건조실에 와 보니 널어놓은 제품이 살짝 탔어. 탄 데만 걸어 내고 버너에 불을 붙여 제품을 말리기 시작했지. 두 판을 말리고 나니 새벽 두 시가 넘었어. 목표로 잡은 생산량보다 더 많아서 시계 알람을 맞춰 놓고 잠깐 눈을 붙였어.

다른 날보다 일찍 출근한 공장장에게 인수인계하고 퇴근하는 길에 지난 밤 스케이트 타던 얼음판 위에 다시 섰지. 내 얼굴 맞은편으로는 겨울 아침 해가 떠오르고 등 뒤로는 서해 바다 매서운 겨울바람이 불어. 어젯밤 자빠지고 뒹굴고 논두렁에 처박아 무릎이고 팔꿈치고 얼얼하지만 난 다시 스케이트 날을 밀면서 속력을 내기 시작했어. 구부러진 곳을 부드럽게 돌 줄도 모르고 멈출 능력도 없지만 서서히 속력을 올렸어. 또 한 번 논두렁에 처박거나 얼음판에 나뒹굴면 된다는 마음으로 점점 빠르게 달렸지.

난 공장 앞 논 얼음이 녹을 때까지 스케이트를 탔지만 끝내 멈추는 기술은 배우지 못했어. 남들과 어울려 웃으며 타는 스케이트가 아니라 혼자 외롭게 타는 스케이트지만 나란 놈은 학교 밖에서 세상살이를 배우듯 스케이트 타는 기술도 혼자 배웠어.

이때 깨달았지. 아무리 주변에서 누가 가르쳐 줘도 나 혼자 연습하고 몸으로 깨달아 가지 않으면 다 헛짓이라는 걸. 깊은 겨울밤 혼자 차가운 논두렁에 앉아 스케이트 끈 조여 매며 어차피 인생은 혼자라는 것, 혼자 가는 외로운 길이라는 것도 뼈저리게 느꼈어.

시험? 떨어져도 괜찮아!

"오늘 배구는 저녁 내기라며?"

"버스 정류장에 있는 삼겹살 가게에서 회식하기로 했어."

"진 편이 조금 보태고 나머지는 우리 사장님이 쏘는 거야."

사월 초순 따스하고 부드러운 봄빛이 가득한 공장 마당에서 점심을 먹고 있어. 공장 뒷산도 이제는 제법 푸른 기운이 돌고 앞 논에는 물고기들 움직이는 게 보여.

"관의야! 너도 회식 가자."

"가고는 싶은데 다음 주 일요일에 검정고시가 있어요. 그래서 주말인데도 오늘 내일 이틀 동안 학원에서 보충 강의가 있어서 얼른 가야 해요."

"고기 먹고 힘내야 하는데 너만 못 먹어서 어쩌냐?"

아무 말 없이 듣기만 하던 공장장이 입을 열었어.

"그럼 오늘 퇴근하는 길에 정육점에 들렀다 가거라. 찌개거리로 돼지고기 세 근 준비해 놓으라고 전화 넣어 놓을 테니 집에서 식구들하고 끓여 먹어."

서천 유 씨 아저씨가 말을 받았어.

"공장장님 마음 써 주시는 게 참 고맙구먼유. 그리 혀라. 이놈 이거 시험에 꼭 붙어야 하는디……. 다음 주에는 엿이라도 사 먹여야 쓰겄다."

그날도 직원들이 공장 마당에서 배구하는 동안 난 따스하고 조용한 담벼락에 기대앉아 시험공부를 했어. 이제 어른들은 일하는 시간이 아닌 한 공부하는 내 모습을 편안하게 받아들였고 오히려 눈에 안 보이게 도와주었지. 시험을 앞둔 한 주 동안은 학원에 가서 공부하라고 공식적으로 한 시간 일찍 보내 줬어.

시험을 하루 앞둔 토요일 새벽이었어. 그날따라 일찍 눈이 떠져서 일어나 수돗가에서 세수하려는데 뒤꼍에 엄마가 보여. 뭐 하나보니 정한수 한 그릇 떠 놓고 지성을 들이고 계시는 거야.

"일어났냐?"

"뭐 하세요?"

"중요한 시험을 앞두고 있는 널 위해 기도했지."

"기도한다고 시험 잘 봐요?"

"사람 사는 게 그게 아니다. 시험 잘 보게 해 달라고 빈 게 아니여. 사람은 사람으로서 할 도리를 다하고 그다음은 하늘에 맡겨야 하는 것이여. 니가 합격하든 떨어지든 할 만큼 했으면 그걸로 끝이고 결과는 하늘에 맡기란 말이지."

엄마는 말을 하다 말고는 방 안으로 들어가더니 날 불러. 내 러닝셔츠를 들고 있는데 생김새가 좀 이상해.

"러닝셔츠가 왜 이래요? 등에 이게 뭐래요?"

"입어 봐라. 등에다 댄 건 말이다 갓난아기 배냇저고리여."

"배냇저고리를 왜 등에다 대고 꿰매요. 나 참, 별일 다 보네."

엄마는 정색을 하고 내 말을 끊으며 화내듯 굳은 얼굴로 말했어.

"암말 말고 입어. 시험 볼 때 이거 입고 가라. 떨지도 않고 알고 있는 게 술술 풀려 나올 거여. 어여 입어!"

하긴 며칠 전부터 시험 볼 생각만 하면 가슴이 두근거리고 긴장이 돼서 실수하는 거 아닌가 걱정하고 있던 참이지. 살짝 마음이 당기더라. 배냇저고리가 등에 배기고 까실까실해.

"느낌이 좀 이상해요."

"그래야 혀. 이걸 입고 시험장에 들어가라. 그러면 마음이 좀 편안해질 거여. 이제 벗어 다오. 시험 보러 갈 때 입게 챙겨 두마."

엄마는 배냇저고리 댄 러닝셔츠를 정성껏 개 장롱 깊이 넣어 두셨어.

오늘은 토요일이라 출근해야 했지만 공장장님이 출근하지 말라고 했어. 시험 준비하라고 하루 휴가를 준 거야. 엄마가 싸 준 도시락을 들고 영등포 도서관으로 갔어. 음악, 미술, 체육, 상업처럼 평소에 살펴볼 시간이 부족했던 과목 핵심만 훑어보면서 온종일 공부했지.

시험 치를 고사장을 둘러보고 내가 앉을 자리 수험번호까지 확

인하라는 선생님 말씀이 떠올라 책을 주섬주섬 챙겨 도서관을 나섰어. 나서다 말고 우두커니 서서 도서관 뒤에 있는 남부 교육청을 물끄러미 쳐다봤지. 너무나도 학교에 다니고 싶어서 그곳에 들렀던 날이 생각나. 그날 우연히 검정고시 학원이 내 눈에 들어왔고 곧바로 학원에 등록해 지금 여기에 내가 서 있게 된 거야. 이제 내일이면 기다리고 기다리던 고등학교 입학 자격 검정고시가 치러지는 날이야. 나는 다시 한 번 어깨를 쫙 폈어.

버스는 창경궁, 성균관대학교를 지나 삼선교에 섰어. 버스 운전기사 아저씨에게 삼선교에서 내려 달라고 몇 번을 부탁해 겨우 내렸지. 삼선교라고 해서 다리가 어디 있나 찾아보니 삼선교가 맞기는 맞는데 다리는 없었어. 사람들에게 물어물어 삼선중학교를 찾아갔어.

교문 위 검정고시 고사장이라는 현수막 글씨를 보자 내가 시험을 본다는 게 실감 나면서 몸과 마음에 긴장감이 돌아. 시험 볼 교실을 찾아가 보니 교실 문은 잠겨 있고 자리마다 수험 번호가 붙어 있네. 교실 앞문에는 그 교실에서 시험 볼 사람 이름과 수험 번호가 붙어 있어. 시험 볼 곳을 확인하는 사람들이 많을 줄 알았는데 별로 없네. 그나마 동무들과 두셋 짝지어 오거나 부모님과 온 아이들이 대부분이야. 나만 혼자야. 복도에 서서 내가 앉을 자리를 뚫어져라 쳐다봤지.

'저 자리에서 난 새롭게 시작할 거야. 나 최관의란 놈이 새롭게 태어날 거라고. 혼자 남모르게 울지도 않을 거고 나를 못난 놈으

로 비하하는 것도 이젠 끝내자. 난 못난 놈이 아니야. 그걸 저기 저 자리에서 증명할 거야.'

삼선중학교를 나와 집으로 가는 84번 버스에 올랐어. 용산에서 내려 상도동 가는 버스로 갈아타야 했지만 그대로 중앙대학교 정문에 있는 버스 종점까지 갔지. 중앙대학교 안으로 걸어서 집에 가기로 했어. 초등학교 일 학년 때 학교를 오가며 걸어 다니던 이 길을 걸어 보고 싶었어. 특히 중앙대학교 도서관 앞에 있는 연못이 보고 싶었어. 힘차게 하늘로 솟구치는 모양의 용이 가운데 있고 비단잉어가 이리저리 노닐고 있는 연못가에 한참 앉아 있다가 집으로 갔어.

집에 도착해 보니 집 안이 훤해.

"엄마, 대청소했어요?"

"그랬지. 니가 시험 보러 가는데 집이 깔끔해야 기분 좋을 거 아니냐. 새 출발 하는 건데 깨끗해야지. 저녁 먹자."

어머니는 내가 좋아하는 잡채를 해 놨어. 생일날 먹기도 힘든 잡채에다가 소화 잘되라고 식혜까지 있네. 그런데 조금 뒤 정말로 맛있는 냄새가 나.

"엄마! 이게 무슨 냄새예요?"

"소불고기다."

"와! 돼지고기도 아니고 소고기를 어떻게?"

"아버지가 정육점에 부탁해 사 왔다. 너희 아버지가 성질이 욱해서 그렇지 자식 일이라면 목숨도 내놓는 양반이여. 니들이 그걸 알아야 혀."

저녁 먹고 책 좀 보다 자려는데 엄마가 속옷을 새것으로 입고 자야 편안하게 깊이 잠이 든다고 갈아입으라네. 푹 자야 공부한 게 잘 나온다나. 갓난아기 배냇저고리를 등에다 댄 러닝셔츠를 내게 내밀었어.

"아이고 정말로, 엄마! 이걸 어떻게 입어요. 이런 거 다 미신이라 니까."

"미신은 무슨 미신. 쓰잘데기 없는 소리 말고 입어! 그런 게 아 녀. 남들이 보는 것도 아니고 흉 될 것도 없으니께 입어. 이 에미 가 동네 여기저기 수소문해서 금실 좋은 부부 집에 사정사정해 겨우 얻어 온 거여."

"그래도 그렇지."

"입어 둬. 알게 모르게 힘이 될 거여. 니가 낼 보는 시험이 그게 보통 시험이냐. 남들이야 돈만 내면 나오는 졸업장을 넌 오 년이 나 기다린 거여."

엄마는 목이 메여 눈물을 삼키며 말을 이어 갔어.

"그것도 그냥 기다렸냐. 에미 애비가 널 고생시켰다만 멀리 내다 보면 고생 치고 헛된 고생은 없는 거여. 고생은 다 값을 허게 되 어 있어."

엄마는 내 손을 꼭 잡으며 말을 마무리 지었어.

"이놈아! 내일 시험 못 봐도 아무렇지도 않다. 한 번 더 보면 되 는 것이고 또 안 되면 또 보면 되는 거여. 니 놈이 니 길을 찾은 것만으로 좋아. 춤이라도 덩실덩실 추고 싶다니께. 그라고 농사를 져도, 아버지처럼 공사장에서 일을 혀도, 장사를 혀도 그려. 지금처럼 정성껏만 하면 된다. 그러믄 세상이, 하늘이 널 도와줄 것인 게 아무런 걱정 말어라. 알겄냐? 하늘은 말이여, 무심한 것 같지만 그냥 예사로 지나는 법이 없지. 암, 없고말고."

잠시 말을 멈춘 엄마는 잡고 있던 내 손을 다시 한 번 힘껏 움켜쥐며 확인하듯 말했어.

"힘이 될 것인 게 배냇저고리로 만든 속옷 입어."

"네, 입을게요."

드디어 검정고시 보는 날 아침이야. 점심 도시락을 싸 들고 집을 나섰지. 몸을 움직일 때마다 등에 덧댄 배냇저고리가 느껴져. 일요일이라 길도 안 막혀 시간 넉넉하게 시험장에 도착해 요점 정리한 걸 살피며 시험 시작을 기다렸어.

마침내 시험 감독관이 들어오고 주변 정리를 하더군. 화장실도 미리 다녀와 필요한 필기도구만 꺼내 놓고 주변을 둘러봤지. 시험 감독관이 둘이나 돼. 순간 긴장이 되네. 드디어 내 인생의 첫 시험을 보는 순간이 다가왔다는, 이 시험에 붙으면 석 달 다니다 만 중학교를 마침내 졸업하고 고등학교도 갈 수 있다는 생각에 어금니를 꽉 깨물며 눈을 감았어. 숨을 길게 마시고 천천히 내뱉으며 마음을 가라앉혔지. 시험 감독관이 시험지를 나누어 주며 내 앞으로 다가오는 발자국 소리가 나. 드디어 국어 시험지가 내 앞에 놓였어.

시험 시작을 알리는 종소리가 났어.

"시험지 펴고 답안지에 이름 먼저 쓰세요."

펜을 꺼내 답안지에 이름을 쓰려는데 이게 무슨 일이야! 손이 덜덜덜 떨려 글씨를 못 쓰겠네. 다시 허리를 쭉 펴고 숨을 더 깊고 길게 들이마셨어. 그리고 속으로 빌었지.

'차분히, 천천히 하자고. 시간 넉넉하다.'

겨우 펜으로 이름과 수험번호를 적고 시험지를 펼쳤어. 쭉 훑어보는데 아는 문제가 눈에 많이 띄네.

'좋아. 시작하자.'

학원에서 모의고사 볼 때처럼 먼저 시험지에 답을 쓰면서 풀어 나갔어. 얼마나 되었을까 갑자기 눈이 어른거리고 이상해. 어질어질하고 초점이 맞았다 안 맞았다가를 되풀이하는가 싶더니 속이 울렁거리고 토할 것 같은 게 지난번 학원에서 과학 시간에 겪었던 증상과 같아. 또 앞이 안 보이고 쓰러질 수도 있다는 생각이 들자 가슴이 철렁하면서 식은땀이 났어.

이래서는 안 되겠다 싶어 허리를 곧게 펴고 눈을 비벼 봤지만 울렁증이 가라앉질 않네. 지금 이러면 이 시험은 망하는 거라는 생각이 들면서 마치 천길 낭떠러지로 떨어지는 것 같아.

'다시 시험 보려면 시월까지 여섯 달이나 기다려야 해. 어떻게 해 온 공부인데, 안 돼. 정신 차리자.'

주먹으로 머리를 쳐 보기도 하고 흔들어도 봤지만 가라앉질 않아. 난 두 손을 책상 위에 올려놓은 채 눈을 감고 부들부들 떨고 있을 수밖에 없었어. 내 머리는 하얗게 텅 빈 상태가 되고 말았지.

얼마나 그러고 있었을까 문득 살며시, 아주 살며시 내 손을 잡아 주는 따스한 손길을 느꼈어. 눈을 뜨지도 못했어. 그냥 그대로 있었지.

"학생! 어디 아파요?"

"……."

"너무 긴장해서 그런 것 같은데 혹시 시간 모자라면 더 줄게요. 걱정 말고 천천히 해요. 우리는 도와주러 온 거니까 마음 놓고 편하게 해요. 너무 아프면 이야기하고."

감독관 선생님이 잠깐, 그것도 아주 잠깐 스치듯 손을 잡아 주고 몇 마디만 해 줬을 뿐인데 마음이 진정되기 시작했어. 어떤 일이 있어도 오늘 이 시험만은 봐야 한다고 몸부림치는 바로 그 순간 내 손을 잡아 준 거야. 어찌할 바를 몰라 부들부들 떨며 식은땀을 흘리고 있던 내게 감독관 선생님이 건네준 따스한 말 몇 마디는 큰 힘이 되었어.

눈을 떴어. 천장을 보면서 숨을 깊게 여러 번 들이마셨더니 머리가 맑아지고 주변이 눈에 들어오기 시작했어. 시험지 글씨도 또렷해지고 마음이 가라앉자 칠판 앞에 서 있는 감독관 선생님을 쳐다봤지. 살짝 웃으며 시험 보라는 손짓을 하는 선생님에게 고맙다는 눈인사를 하고 문제를 풀기 시작했어.

첫 시간은 그렇게 어렵사리 아슬아슬하게 마무리했고 나머지 시험 시간은 별일 없이 잘 치렀지. 마침내 시험이 끝났어. 감독관 선생님한테 꼭 인사를 하고 싶어서 다른 수험생들이 다 빠져나갈 때까지 교실에 앉아 기다렸어. 시험지와 답안지 정리가 마무리되는 걸 보고 선생님께 다가갔지.

"고맙습니다. 선생님!"

"너무 긴장하면 그럴 수 있어요. 학생 답안지 일일이 확인했더니 이름, 수험 번호 틀림없더라고. 애썼는데 가서 푹 자요. 지쳐 보여."

"정말 고맙습니다. 선생님 아니었으면 저 이번 시험 못 봤을지도 몰라요."

"아픈 건 아닌 것 같고 너무 긴장해서 그런 거니까 걱정 말아요. 합격할 거라는 예감이 들어요. 학생은 꼭 합격할 거야."

"네⋯⋯?"

"어쩌다 학교를 못 다녔는지는 모르겠지만 어렵게 사는 애들 많아요. 학교 안이나 밖이나 사는 게 다 그렇지. 힘들고 어렵더라도 힘내요."

"네, 고맙습니다. 선생님! 정말 고맙습니다."

중학교 일 학년 때 경험했던 선생님처럼 부모님을 대신해 농사 짓느라 학교에 못 나가고 있는 학생을 얼굴 한 번 보지 않고 퇴학시키는 그런 선생님만 있는 게 아니었어.

삼선중학교 교문을 나서는데 발걸음이 가벼워. 합격할 거라는 감독관 선생님의 말씀이 결코 빈말이 아니라는 믿음이 들고 어느 정도 자신감도 있었지. 그리고 무엇보다 이미 주사위는 던져진 거야. 엄마 말대로 난 내가 할 만큼 했고 이제 하늘에 맡기고 집에 가서 잠이나 실컷 자고 싶더라.

한 달 뒤 삼선중학교 교문 앞 게시판에는 합격자 명단이 붙었고 거기에는 내 이름 석 자가 쓰여 있었어. 그렇게 기다리고 기다리던 시험 결과이지만 감동의 눈물을 흘리거나 좋아서 펄쩍펄쩍 뛰지도 않았어. 아무 일도 아닌 것처럼 무덤덤해. 합격자 명단을 보러 갈 때도 엄마가 함께 가겠다고 하는 걸 나 혼자 가겠다고 우겼지. 그렇게 어마어마한 일이 아니라는 생각, 그냥 날마다 해야 하는 일 가운데 하나라는 생각이 들어서 그랬어. 시험을 준비하고 시험을 보는 순간에는 나의 모든 것을 걸고, 목숨을 걸고 악착같이 했으면서도 결과를 보는 순간만은 별다른 감정의 흔들림이 없어.

공중전화를 보자마자 엄마에게 전화를 했어. 우리 집은 전화가 없어서 옆집 아주머니 댁으로 전화를 해야 했지.

"여보세요? 아주머니 저 관의예요."

"그래, 어떻게 됐니? 니 엄니 목 빠지겠다. 전화기 옆에 계셔. 바꿔 줄 테니 네가 말씀드려라."

"에미다."

"엄마, 저 합격했어요. 딱 붙었다고요. 전 과목 다 합격이에요."

"장하다, 장해. 내 그럴 줄 알았어. 니가 그렇게 정성껏 하는데 하늘이 도와주지, 도와주고말고. 못난 에미, 애비를 만나도 니가 이렇게 하니까 좋구나, 좋아."

"엄마는 또 쓸데없는 말씀을 해요. 고마워요, 엄마. 식구들한테 알려 줘요."

"오늘 저녁에는 맛있는 거 해 먹자. 아버지가 얼마나 좋아할까. 고맙네 아들, 정말 고마워."

전화를 끊은 뒤 연초록 어린 나뭇잎 사이로 비치는 오월 봄볕 가득한 창경궁 담 길을 따라 혼자 천천히 걸었어. 봄기운 가득한 창경궁 담 길이 오늘따라 따스하고 편안하네. 마침내 나는 고등학교 이 학년이 되는 해 오월에 중학교를 졸업한 거야.

오 년 전 오월 하순, 그러니까 합격자 발표를 한 바로 이 무렵부터 난 중학교에 다니는 대신 농사를 지었지. 그러자 학교는 내 얼굴 한 번 보지 않고 퇴학시켜 학교 밖으로 날 내동댕이쳤고. 난 학교 밖에서 나물 뜯어다 팔고, 이발소 기술 배우고, 채소 장사하고, 공장 다니며 하루하루 살아가야 했어. 그 과정에서 수많은 낯선 사람을 만나 세상 살아가는 이치를 깨달았지.

거기서 만난 모든 이들이 나에게는 선생님이고 세상 모든 곳이 학교며 먹고사는 것이 내 교과서였어. 이런 모든 것이 쌓여 내 삶을 어떻게 살아야 하며 무엇을 해야 할지 고민하게 됐고, 그렇게 하기 싫어하던 책으로 하는 공부를 이제는 너무 하고 싶어서 밥 먹는 것도 잊는 이상한 놈이 되었어.

합격자 발표를 보고 삼선교에서 창경궁까지 걸어가는 동안 나한테 일어난 놀라운 변화를 느꼈어. 중고등학교 아이들만 만나면 그 옆에 지나가는 게 부담스러워 고개를 숙이거나 다른 골목길로 돌아가곤 했던 나야. 특히 고등학교 아이들을 만나면 움츠러들기까지 했어. 그런 내가 싫었지만, 너무나도 싫었지만, 내 속에서 일어나는 느낌을 나는 어쩔 수 없었어. 그런데 창경궁 길을 따라 걸어가다 맞은편에서 이야기하며 오는 고등학교 아이들을 마주하는데도 옛날처럼 마음이 쪼그라들질 않아. 내가 작고 초라해 보이질 않더라.

이제 그렇게 부럽고 대단해 보이던 중학교 아이들이 내 동생으로 보이기 시작했어.

작업복아, 그동안 고마웠어

"입던 작업복이랑 이거저것 챙겨 올 게 많겠다."

"버릴 거예요. 가져와 봐야 못 입어요. 제가 알아서 할게요."

"그래, 마무리 잘하고 고마운 분들한테 인사드리고 오너라. 공장 장님이랑 아주머니한테 고맙다는 말씀드리고."

엄마 배웅을 받으며 집을 나서는데 마음이 다른 날과 많이 달라. 공장으로 출근하는 마지막 날이거든. 이제부터는 누나가 돈 벌고 나는 공부하기로 했지. 사는 형편이 어려워 장학금과 담임 선생님의 도움으로 고등학교를 졸업한 누나는 대학에 들어가는 대신 은행에 취직해 돈을 벌기 시작했어. 바로 그 무렵 내가 중학교 졸업 검정고시에 합격한 거야. 공부 맛에 빠져든 날 위해 역할을 바꿨어. 누나는 대학 가는 대신 돈을 벌고 내가 공부를 하는 거지.

사실 내가 중학교를 그만둔 뒤 농사일 하고 이발소에서 일하거나 장사하며 돈벌이하는 동안 주변 사람들 말이 많았어. 아들은 저

모양으로 길거리를 떠돌고 있는데 딸은 고등학교 다니며 공부한다고. 딸을 공장에 보내거나 남의 집 식모살이를 시켜서라도 아들 공부를 시키는 게 세상 이치인데 집안 꼴이 저게 뭐냐고 흉봤지. 보이지 않게 뒤에서만 그런 게 아니라 부모님 듣는 데 대놓고 이야기했어. 누나도 그 사실을 알았고……

아버지는 술만 마셨다 하면 누나에게 거친 말을 쏟아 내며 동생은 저러고 있는데 학교에 다닌다고 술주정을 했어. 가끔 살림을 때려 부수며 집안을 발칵 뒤집어 놓기도 했지만 엄마는 누나라도 공부를 해야 한다고, 공부에 딸 아들이 따로 있냐며 누나에게 힘을 실어 줬지.

오늘이 마지막 출근이라 생각하니 일 년 반 동안 새벽마다 다니던 길이 달라 보여. 이제 공장을 그만두고 공부만 하는, 그야말로 학생이 된다는 게 믿기지도 않아.

두려운 마음으로 사장을 따라 영등포에서 버스 타고 처음 출근하던 날이 떠올랐어. 늦겨울 추위가 제법 매섭던 날이었지. 그 낯선 길을 출퇴근하면서 봄여름가을겨울을 보냈고 또다시 봄이 지나고 초여름에 들어선 지금 난 다른 직장을 찾아가는 게 아니라 공부를 하러 이 공장을 떠나는 거야. 힘든 일을 하던 공장을 그만두니까 발걸음이 가벼워야 하는데 그렇질 않아. 정든 이 길을 떠나는 게 아쉬워. 내가 언제 다시 돌아오겠어. 쉽지 않을 거란 생각이 들어. 공부하러 떠나간 철룡이 형을 다시 못 만나듯 나도 여기 이 공장에 돌아오지 않겠지.

터덜터덜 힘없이 걷다 공장장님 아주머니를 뵙고 싶어서 공장장님 집으로 갔지. 문을 두드리자 아주머니가 나오셨어.

"아이고, 그래 관의구나. 들어와라."

"아니에요. 뵙고 가려고요. 저 이제 공장 그만둬요."

지그시 날 바라보더니 눈물이 글썽글썽해서는 내 두 손을 꼭 잡았어.

"네 이야기 들었다. 널 볼 때마다 친정 동생 생각이 났는데……. 잠깐만 기다려 봐라."

급히 안에 뛰어 들어갔다 나오더니 봉투를 내미네.

"이거 받아 둬라. 얼마 안 되지만 공부하다 배고플 때 뭐라도 사 먹어라. 여기서처럼 라면만 먹지 말고."

야근하고 나올 때나 밤샘 일할 때면 가끔씩 밥과 반찬을 정성껏 싸 주던 그 모습을 이제 다시는 못 본다 생각하니 눈물이 나와. 돈 봉투를 못 받고 고개를 숙인 채 눈물을 흘리며 서 있었지. 아주머니는 내 손에 봉투를 쥐어 주면서 등을 토닥여 주셨어.

"힘들어도 내색 안 하고 일하는 게 안쓰럽다고 애 아빠가 그러더라. 너무 그러지 말고 먹고 싶은 것도 사 먹고 애들하고 놀기도 하고 그래. 안 그러면 나중에 커서 후회한다. 건강해야 해. 시간 되면 놀러 오고."

"네."

손에 쥐어 준 봉투를 펴서 접어 손아귀에 꼭 쥐고는 고개 숙여 인사를 드렸지. 아주머니는 내 뒷모습을 한참 보더니 손을 흔들고 안으로 들어가셨어.

문득 내가 지금 공장을 그만두는 게 잘하는 건가 싶은 생각이 들어. 공장에 다니면서 월급 받고 사는 게 맞는 게 아닐까 싶고, 주변에 고등학교나 대학 졸업하고 노는 이들도 많은데 괜히 멀쩡하게 잘 다니던 공장 그만두는 건 아닌가 싶기도 해. 하지만 이미 그만두기로 했고 공부가 싫지도 않으니 이제 결정한 대로 해 보자고 마음을 다부지게 먹었지.

'까짓 거 공장에서 밤 꼬박 새며 일하듯 공부하면 못 할 것도 없을 거야.'

마음을 다잡고 공장으로 향했어. 공장에 도착해서 문을 밀다 말고 뒤돌아서서 주변을 돌아봤어. 처음 공장에 오던 날 논에 담긴 물을 바라보며 시골 생각을 하던 게 떠올라. 이제 세월이 흐르면 공장 생활을 그리워할지도 모르겠다는 생각이 드네. 시골에서 농사짓던 그때가 벌써 그리운 것처럼⋯⋯ 힘든 일도 시간이 지나면 그리운 것으로 바뀌는 게 신기해. 이제 오늘이 지나면 이 공장에 오는 게 쉽지 않을 거라는 생각이 들면서 모든 게 새롭게 보여.

문을 밀고 들어서니 한창 일들 하느라 마당에는 아무도 안 보이네. 갑자기 모든 게 낯설어. 떠나려고 하니 그동안 바라보던 그 공장이 아니야. 우두커니 공장을 둘러보다 뚜벅뚜벅 걸어서 우리 공장으로 갔지.

"뭐 하러 이렇게 일찍 왔어? 오후에나 잠깐 들르지."

"하던 일도 있고 정리할 게 있어서요."

나는 작업복으로 갈아입고 그동안 내가 쓰던 물건 가운데 웬만한 건 다 버리고 정리를 했지. 빗자루를 들고 건조실이랑 공장 안을 쓸고 걸레를 빨아 구석구석 먼지도 닦고 냉장고 안을 뒤져 버릴 것들은 버리며 정리를 했지. 한참 청소를 하고 있는데 서천 유 씨 아저씨가 나를 건조실로 데리고 들어가는 거야.

"오늘 보면 이제 보기 쉽지 않겠구먼. 여기서 일하느라 욕봤다. 이거 넣어 둬."

"아저씨, 이게 뭐예요?"

"용돈이여. 얼마 안 되지만 공부하다 뭐라도 사 먹어라."

내 두 손을 꼭 움켜쥐는 아저씨 손바닥의 거칠고 딱딱한 군은살과 내 얼굴을 바라보는 따스하고 애틋한 눈길이 내 마음을 흔들었어. 다른 아저씨들이 나이 어리고 부양가족도 없는 내가 월급이 많다며 따질 때도 내 편을 들어줬지. 야근할 때마다 안쓰러워하며 먹을 거라도 챙겨 주었고, 내가 학원 다닐 때 일찍 퇴근하는 게 마음에 걸려 머뭇거리면 얼른 가라고 해 주셨지. 힘들 때마다 힘이 되어 주고 아들처럼 살뜰하게 챙겨 준 아저씨한테 고마웠다는 말을 하려 했지만 눈물만 글썽일 뿐 끝내 아무 말도 하지 못했어.

"관의야! 오늘 마지막으로 네가 하는 김치찌개 먹고 싶다. 맛있게 끓여 봐라."

말없이 일만 하던 공장장이 말했어. 크롬 공장이랑 석고 공장 아저씨들도 먹게 큰 냄비에다 많이 끓이라는 거야. 일거리도 많지 않고 해서 반주로 막걸리나 한잔하고 오후에는 공장 청소를 할 거래.

나랑 헤어지는 게 섭섭하니 마지막으로 점심이나 모여서 같이 먹게 하자는 거지. 냉장고를 열어 보니 검은 털이 박혀 있고 비계도 적당히 있는 아주 맛있게 생긴 돼지고기가 있네. 공장장이 일부러 사 온 거야.

공장 다니는 동안 돼지고기 찌개를 여러 번 끓였는데 이게 여기서 끓이는 마지막 찌개라는 생각이 들자 더 정성껏 끓이기로 마음먹었어.

먼저 큰 냄비를 연탄불에 올려 뜨겁게 달군 뒤 들기름을 듬뿍 넣어 둘렀지. 그런 다음 돼지고기와 막된장을 한 숟가락 넣고 돼지고기를 주물러서 들기름과 된장이 골고루 스며들도록 했어. 새우젓도 한 숟가락 넣고 몇 번 더 주무른 뒤 김치 국물을 붓고 잠깐 끓였지. 들기름, 된장, 새우젓, 김치 국물이 고기에 배어 들어가도록 하는 거야.

사람들이 내가 끓인 김치찌개를 먹을 때마다 하는 말이 고기 맛이 겉돌지 않고 돼지고기만의 맛이 살아 있으면서도 냄새가 나지 않는다고 한 까닭이 여기에 있어. 어디서 배운 건 아니고 그냥 이렇게 하면 맛있을 거라고 터득한 나만의 비법이라고나 할까. 이렇게 하고 난 뒤 김치를 알맞게 넣고 물을 부어. 두부는 안 넣어. 두부를 넣으면 김치의 칼칼한 맛이 죽거든. 국물의 시원한 맛도 사라지고 텁텁해져.

온갖 정성을 들여 끓인 찌개가 얼추 다 될 무렵 아저씨들이 모여들었고 공장 마당 그늘에 빙 둘러 둥글게 벽돌로 의자를 만들었어.

가운데에는 못 쓰는 타이어를 몇 개 놓고 합판을 얹어 상을 만들었지. 아저씨들이 갖고 온 반찬에다가 돼지고기 찌개와 막걸리까지 놓으니 회식하는 분위기야.

"오늘은 마침 공장 일이 한가하기도 하고 관의가 일을 그만둬서 점심이나 같이 먹자 했어요. 찌개는 관의가 끓인 거니까 많이들 드시고 오후에는 공장 구석구석 청소나 합시다."

공장장 말이 끝나자 아저씨들이 한마디씩 하기 시작했어.

"잘했다. 공부는 다 때가 있는 거야. 이런 일 하기에 아직 어려."

"어리긴 뭐가 어리다고 그래. 한참 일할 나이지. 세상이 바뀌어 그렇지 옛날에야 열다섯 넘으면 농사짓고 장가가고 다 했구먼."

"여기서 밤샘 일 하듯 독하게 하면 그까짓 공부 못하겠냐. 너처럼 세상살이가 쉽지 않다는 거 아는 놈은 뭘 해도 해."

"네 나이에 목구멍에 밥 넘어가는 게 어렵고 무섭다는 걸 아는 애들이 몇이나 돼? 먹고사는 게 힘들다는 걸 몸으로 깨달았으니 공부쯤이야."

"이놈 나중에 우리 공장에 넥타이 매고 나타나는 거 아냐? 야! 관의야! 너 그때 우리 무시하지 마라. 잘 부탁한다."

아저씨들이 하는 말을 조용히 듣고 있던 서천 유 씨 아저씨가 입을 열었어.

"이 사람들아! 공부한다고 다 성공하는 거 아녀. 다들 알면서 으째 달콤한 말들만 하는 거여. 그러면 못 쓰는 법이여. 애 가슴에 헛바람만 잔뜩 들어 헛짓거리 하고 살게 하려고 그려."

아저씨는 숨을 고르더니 말을 이어 갔어.

"공부한다고 다 밥값 하는 건 아니랑께. 박사니 뭐니 하는 인간들 가운데 못된 놈들이 어디 하나둘이여. 넥타이 매고 얼굴은 번지르르하게 잘생겨 갖고 우리같이 못난 놈들 등골 빼먹고 사는 놈들이 한둘이냐고. 공부하는 건 좋다. 그런디 공부한다고 다 인간 되는 건 아니라는 것 가슴에 새겨야 쓴다. 공부한다고 사람 되는 건 아니랑께. 공부는 하되, 공부만 한다고 사람 되는 건 아니라는 것이제."

밥 먹으며 들뜨던 분위기가 유 씨 아저씨 말 한마디에 조용해지더라. 잠깐 조용해진 틈에 공장장이 이야기를 시작했어.

"유 씨 아저씨 말씀이 맞다. 가슴 깊이 새겨라. 그리고 취직할 데가 없으면 우리 공장으로 와. 공장이 계속 커 나갈 거니까. 이사 갈지도 몰라. 들리는 말에는 안산 쪽에 공장을 알아보고 있다고 하더라. 국내나 국외에서 주문이 밀려와서 바쁠 거야. 공부하고 나중에라도 일하고 싶으면 오거라. 네가 오면 경력 다 인정해 줄 테니."

늘 회식 자리에 가면 어른들끼리 이야기하고 난 한쪽 구석에서 안주 집어 먹다 나오곤 했는데 이날은 내가 이야기의 중심이야. 다들 내가 떠나간다고 말 한마디라도 건네주려고 하는 거야. 나중에는 막걸리까지 몇 잔 따라 줘서 취기가 오를 만큼 마셨지.

점심 먹는 자리가 정리될 무렵 공장장이 내게 말했어.

"밥 먹은 자리만 같이 정리하고 그만 퇴근하거라. 가다가 상도동

사장님 댁에 들러. 너 오거든 오늘 들르게 하라고 어제저녁에 사장님이 전화 주셨어."

수돗가에서 쪼그리고 앉아 설거지를 하며 공장을 둘러봤어. 날마다 보던 이곳을 이제는 못 본다는 생각에 자꾸 보고 싶었어. 염산이 눈에 들어가 겁에 질리던 일, 화학반응을 시키다 펄펄 끓는 물에 사타구니를 데던 일, 건조실에서 야근하다 불낼 뻔하던 일까지 떠올라. 가볍지 않은 마음으로 떠날 준비를 했어. 작업복을 벗어 들고 코에다 대고 냄새를 맡으니 눈이 맵네. 녹물도 배어 나와 축축하고 독한 냄새가 나.

"작업복아! 그동안 애썼다. 나랑 동무해 줘서 고맙고, 잘 가라!"

혼자 중얼거리는 버릇대로 작업복에게 한마디 하며 차곡차곡 개서 쓰레기통에 넣고 꾹꾹 눌렀어. 몇 가지 물건을 싸서 가방에 넣고 공장장 앞에 섰지.

"저 이제 갈게요."

"그래, 가야지. 잠깐만, 이제 관의가 간답니다. 배웅이나 함께 하지요."

"아니에요. 그냥 일하세요. 안녕히 계세요."

"아니다, 기다려. 그래도 사람이 그게 아니지."

아저씨들은 공장 마당에 서서 내 손을 잡아 주셨어. 공장장이 내게 다가왔어.

"이거 받아라. 얼마 안 된다. 뭐라도 사는 데 보태."

건네주는 돈 봉투를 받아 주머니에 넣고는 우두커니 섰어.

"어디 한번 안아 보자."

공장장은 나를 꼭 안은 채 귀에다 대고 말씀하셨어.

"무뚝뚝한 나랑 지내느라 애썼다. 너랑 함께 지낸 시간 잊지 못할 거다. 고마웠다. 건강해라."

"예, 공장장님. 서툴러도 믿고 도와주셔서 고마워요. 동생처럼 아껴 주신 거 다 알아요. 저 나중에 결혼하면 아저씨 부부처럼 살 거예요. 그게 제 꿈이에요. 아주머니가 싸 주시던 반찬 정말 맛있었고 얼마나 고마웠는지 몰라요."

"우리 아들도 너처럼 커 가면 좋겠다는 생각했다. 잘 가거라."

무뚝뚝하고 말 없던 공장장 눈에도 눈물이 맺혀 떨어지고 있는 걸 보자 솟아나는 아쉬움을 주체할 수가 없더라. 어깨를 들썩이며 울고 말았지. 아저씨들도 눈시울을 적시며 내 등을 토닥여 주셨지. 서천 유 씨 아저씨가 말씀하셨어.

"공부가 쉽지 않을 거여. 포기하고 싶을 때는 여기서 밤새 일하며 사는 사람도 있다는 거 생각혀. 온 세상에 그렇게 사는 사람이 널려 있다는 것도. 그러면 고비를 넘길 것인 게. 잘 가고 건강해야 쓴다. 없는 놈은 건강이 제일인 거니께."

석고 공장, 크롬 공장, 아연 공장 아저씨들의 배웅을 받으며 공장 문 앞에 섰어. 다들 나 같은 놈에게 별 관심도 없다고 생각하며 살았는데 이렇게 일들 하다 말고 나와 배웅해 주는 걸 보니 아저씨들과 지내며 갖고 있던 소외감이라고 할까 나만 혼자라는 서러움이 한순간에 날아갔어. 사장이 왔다 가도 이렇게까지 나와서 배웅

한 일이 없는데 나 같은 놈이 간다고 이렇게 나와 주는 걸 보며 자꾸 눈물이 나왔지. 공장 문을 등지고 선 채 울음을 삼키며 울먹이는 목소리로 겨우 말했어.

"저 같은 놈 가는데 이렇게까지……. 고마워요. 아저씨들이 보고 싶을 거예요. 안녕히 계세요."

하고 싶은 말, 꼭 해야 할 말은 많은데 말이 안 나와. 울먹이며 얼마 동안 그렇게 서 있었지. 공장장은 아저씨들 맨 뒷줄에 서서 바지 주머니에 손을 푹 찔러 넣은 채 나를 바라보고 있었어.

"저 이제 그만 갈게요."

"그래, 잘 가라."

"건강해라."

"공부 잘해."

등을 돌렸어. 내 앞에는 커다란 철문이 서 있고 뒤에서는 아저씨들 목소리가 들려왔어. 철문과 아저씨들 목소리. 난 공장 쪽문을 열고 몸을 밖으로 내밀었어. 처음 이 공장에 들어설 때처럼 문을 열고 새로운 길로 들어서는 순간이야. 지금 이 쪽문으로 나가면 공장 안은 보이지 않아.

나는 쪽문으로 나가다 말고 머리를 돌려 뒤를 봤지. 온갖 화학약품이 묻은 작업복을 입고 서서 떠나는 내 뒷모습을 바라보고 있는 아저씨들의 지긋한 눈길과 마주쳤어. 깊은 생각에 잠기거나 눈물을 머금은 아저씨들의 눈길과 그 모습을 내 가슴에 붙잡아 두고 싶었어.

공장 쪽문을 나와 몇 발자국이나 걸었을까. 다시 돌아보고 싶은 마음이 훅 하고 밀고 올라왔어. 공장장과 서천 유 씨 아저씨가 너무나도 간절히 보고 싶어. 가슴이 답답하고 외로울 때마다 혼자 거닐던 논두렁과 날마다 드나들던 공장 철문마저도…….

하지만 나는 걸음을 멈추지도 되돌아보지도 않았어. 허리를 꼿꼿하게 펴고 앞을 보며 걷는 내 가슴에는 지금까지 단 한 번도 느껴 보지 못한 새로운 기운이 솟아올랐어.

한 걸음 가야 두 걸음, 두 걸음 가야 세 걸음

《열일곱, 내 길을 간다》 관의는 남들과 조금은 다른 길을 걸어갑니다. 집안 사정이 어려워 학교에 가는 대신 논밭, 여관, 이발소, 시장 등에서 온갖 일을 하며 중학교 시절을 보내지요. 그러다 마침내 고등학교 입학할 무렵 공장으로 일하러 가게 되는데요, 바로 이 장면에서부터 이야기가 시작됩니다.

함께 어울려 놀던 동무들은 책가방 챙겨 학교에 가는데 관의는 작업복 싸들고 공장에 출근합니다. 공부 대신 공장에서 일하고 밤샘 일도 하며 그렇게 하루하루 살아가지요.

한번 생각해 보세요. 함께 어울려 학교 가는 동무들 옆을 혼자 꾀죄죄한 차림으로 걸어가는 장면을. 더구나 동무들에게 알은체하며 눈길을 주는데도 무심한 정도가 아니라 외면해 버린다면 어떤 마음이 들까요?

그런데 이 아픔보다 관의를 더 힘들게 하는 것은 어떻게 살아가야 할지 앞날이 또렷하게 보이지 않는다는 겁니다. 관의는 학교에 못 다니고 늘 혼자 어른들 틈에서 일하며 살아가는 외로움이나 고달픔마저도 캄캄한 앞날에 대한 두려움에 견주면 아무것도 아니라는 걸 깨닫습니다. 그러면서 관의는 흔들리며 방황하기 시작하지요. 《열일곱, 내 길을 간다》는 흔들리는 관의가 자기 길을 만들어 가는 이야기입니다.

지금 이 책을 읽는 여러분들은 앞날이 또렷하게 보이나요? 흔히들 말하는 것처럼 좋은 대학에 가고 취직하고 결혼하는 그런 인생 설계도를 그리고 있나요?

지금 당장은 원하는 대학에 가는 게 가장 큰 목적이라고 여길 수 있어요. 그런데 원하는 대학에 갈 성적이 못 되면 어쩌지요? 낮추어 가면 되나요? 낮추고 또 낮추어도 내가 바라는 곳에 갈 수가 없다면? 모든 걸 포기해야 하나요? 또목표로 삼는 대학에 갔다고 해 봐요. 다들 부러워하는 일류 대학에 가서 잘나가는 직업을 갖게 돼요. 그러면 삶의 길이 환하게 보일까요?

남보다 공부를 잘해서 다들 부러워하는 대학에 가고 직장을 구한다 해도 삶의 길이 또렷하게 보일 거라고는 생각하지 않아요. 마찬가지로 대학을 못 간다고 길이 끊어지는 것도 아니라는 겁니다. 어떤 길을 가느냐가 중요한 것이 아니라 자기만의 길을 꾸준히 만들어 가는 것이 중요하다는 거지요. 인생에서 가장 중요한 것은 좋은 성적이 아니라 어떤 상황에서도 멈추지 않고 나만의 길을 열어 가는 것입니다.

《열일곱, 내 길을 간다》관의도 여러분들처럼 앞날이 또렷하게 보이지 않아 마음이 뿌리째 흔들리는 아픔을 겪습니다. 학교 대신 공장에서 일을 한다는 것이 다를 뿐이지요.

관의처럼 하루하루 자기만의 길을 만드느라 애쓰고 있는 여러분들이 이 책을 읽으며 힘을 내면 좋겠습니다.

최관의

보리 청소년 11

열일곱, 내 길을 간다

2017년 11월 27일 1판 1쇄 펴냄 | 2022년 5월 24일 1판 6쇄 펴냄

글쓴이 최관의

편집 김로미, 김성재, 박세미, 이경희
디자인 이종희
제작 심준엽
영업 나길훈, 안명선, 양병희, 원숙영, 조현정 | **독자 사업(잡지)** 김빛나래, 정영지
경영 지원 신종호, 임혜정, 한선희
인쇄와 제본 (주)천일문화사

펴낸이 유문숙 | **펴낸 곳** (주)도서출판 보리 | **출판 등록** 1991년 8월 6일 제9-279호
주소 (10881) 경기도 파주시 직지길 492
전화 031-955-3535 | **전송** 031-950-9501
누리집 www.boribook.com | **전자우편** bori@boribook.com

보리는 나무 한 그루를 베어 낼 가치가 있는지 생각하며 책을 만듭니다.

ISBN 978-89-8428-984-0 43810

이 도서의 국립중앙도서관 출판예정도서목록(CIP)은 서지정보유통지원시스템 홈페이지(http://seoji.nl.go.kr)와
국가자료공동목록시스템(http://www.nl.go.kr/kolisnet)에서 이용하실 수 있습니다.
(CIP제어번호: CIP2017028505)